文庫

言葉なんかおぼえるんじゃなかった

詩人からの伝言

田村隆一（語り）
長薗安浩（文）

筑摩書房

目次

詩人からの遺言―長いまえがき　長薗安浩　9
帰途　48
第一話　結婚　50
受精　54
第二話　別れ　56
歯　60
第三話　美人　62
細い線　66
第四話　酒　68

水 73
第五話　嘘《うそ》 74
叫び 78
第六話　教養 80
反予言 84
第七話　旅 92
天使 96
第八話　電話 98
破壊された人間のエピソード 102
第九話　おばけ 110
木 114
第十話　健康 118

言葉のない世界 123
第十一話　欲 136
老年の愉しみ 140
第十二話　バカ 142
装飾画の秘密 147
第十三話　外国語 150
詩の計画 158
第十四話　借金 160
春画 165
第十五話　戦争 170
緑の思想 175
第十六話　ボランティア 186

四千の日と夜 190
第十七話　才能 194
詩神 198
第十八話　同窓会 200
哀歌 205
第十九話　路地 208
1999 213
第二十話　個室 216
きみと話がしたいのだ 220
第二十一話　鎌倉 224
足音 228
第二十二話　手紙 230

新年の手紙（その一） 235
第二十三話　ホース 236
詩を書く人は 241
第二十四話　詩人 244
立棺 254
田村の隆ちゃん　山﨑　努 262
対談　ほんとうの無頼　山﨑努・長薗安浩 272
解説　「なっ」ってなんなんだ　穂村弘 280
田村隆一　年譜 285

詩人からの遺言―長いまえがき

長薗安浩

言葉なんかおぼえるんじゃなかった

一九九三年十二月、編集長として「ダ・ヴィンチ」という雑誌の創刊準備に追われていた私は、爆弾を二個、連載の中に潜りこませようと企んでいた。

詩と写真に関する企画がそれだった。

これら二つの表現方法は象徴性に富んでいるだけに、思いがけない言葉の組み合わせや一葉のプリントを目撃すると、こちらの意識を鷲摑みにしてどこかへ連れ去ってしまう力を持っている。突如、想像したことのないイメージが眼前に出現して戸惑いすら覚えるときがある。それは一瞬の出来事にもかかわらず、衝撃とイメージの残像は尾を引いて脳のどこかに潜伏していく。それほどに魅惑に満ちた表現ながら、「わかりやすさ」ばかりが優先されるこの時代にあっては、詩も写真も、多くの人々にとっては縁遠いものになっている。ほとんどの書店で詩集は置かれず、犬や猫や若いタレントが被写体になっていない写真集が手に取られることは難しい。詩集も、作家性を打ちだした写真集も、驚くほどに売れないのだ。二〇万部の大部数を狙う新しい雑誌が貴重な誌面を割《さ》くリスクは明らかに高かったが、だからこそ私は、こっそりと爆弾を仕掛けてみたかった。

写真は、アラーキーこと荒木経惟さんに頼むと決めていた。持論である「写真私情主義」を徹底して実践する姿に共感し、「小説写真」という連載を依頼した。ほどなく荒木さんに快諾してもらって大いに喜んだが、もう一方の詩の企画はまったく浮かばなかった。大学を卒業して十年がたち、あらためて思えば自分もまた、かつては読みあさった詩篇と遠ざかって暮らしていたのだ。

困り果てた私は、誰もいない深夜の編集部で、すぐに思い浮かぶ詩を白い紙に書いてみた。

言葉なんかおぼえるんじゃなかった
言葉のない世界
意味が意味にならない世界に生きてたら
どんなによかったか

すらすらと出てきた四行を見下ろし、私は不思議な気分になった。これが誰の詩なのか、何というタイトルの詩なのか、まったく見当がつかなかったのだ。そもそも、自分は本当にこんな詩を読んだことがあるのか、それすら心許ない。判然としないまま帰宅した私は、本棚の奥に隠れていた四〇冊ほどの詩集を取りだして片っ端からめくりつづけ、ようやくその詩を発見する。詩人の名は、田村隆一。

詩のタイトルは、「帰途」。

私が編集部で書き出したのは、その作品の冒頭の四行だった。「帰途」は、思潮社の現代詩文庫シリーズの第一回刊行を飾った『田村隆一詩集』の中にあった。最終ページの奥付を見ると、黒いボールペンで〈1977・7・14読了〉と記されていた。見覚えのある字だった。

興奮した私はその小さな本を手に立ち上がり、もう夜明けが近いというのに、朗々と「帰途」を音読しはじめた。高校二年生の夏、七月十四日から自分の中に潜りこんで息をひそめ、十六年余りの時間を経て姿を現した言葉を口にしながら、どうしても田村隆一に会いたいと思った。

そう願ってはみたものの、ひょっとしたら詩人はすでに死んでいるのではと不安になった。そこで翌日、『現代詩手帖』の（なんと詩人の住所録が載っている）年末号を購入し、田村隆一の名を探してみた。詩人は生きていた。鎌倉に住んでいた。勢いづいた私は、新刊書店だけでなく神保町の古書店もいくつか巡って田村隆一の詩集とエッセイ集を買い求め、年末年始の短い休暇に読みこんだ。

田村隆一メモ

正月休みが明けたらすぐに依頼状を書くと決めていた私は、自分なりに田村隆一という詩人を理解するため、あれこれメモを取りながら読みすすめた。

【メモ1 モダニズムの必然】

田村は大正十二年三月十八日、東京大塚に生まれていた。雑木林を切りひらいて家業の鳥料理割烹「鈴《す》む良《ら》」をはじめた祖父は、大塚三業組合の創業者のひとりでもあった。三業とは料理屋、待合、芸者屋のことで、いわゆる花柳界に囲まれて田村は育った。昭和十年に東京府立第三商業学校（現・都立第三商業高校）に進学した際には、閉鎖的な花柳界からの開放感にひたったらしい。大塚から市電に乗って呉服橋で乗りかえ、深川不動尊前で下車し、七つもの小さな橋や埋立地を横断する一時間三十分の通学は小旅行にも似て、田村に「不思議な感動」すら与えたようだ。

この府立第三商業学校時代は、田村が詩人となっていく萌芽期でもあった。国語教師の佐藤義美はモダニズム系の詩誌「二十世紀」の同人だった。佐藤は後に、「いぬのおまわりさん」の作詩などの童謡や児童文学の世界で活躍する。田村は十五歳になってほどなく西脇順三郎の詩集『Ambarvalia』を読んで感銘をうけ、その後、春山行夫編集の詩論集を熟読。日本的な抒情や世俗的で人生派的なものを受けつけないモダニズム詩に熱中し、同人誌を創刊して詩を発表する一方で、同級生の北村太郎とともに中桐雅夫が編集する「LE BAL（ル・バル）」に参加。この詩誌の月例会で大学生の鮎川信夫、森川義信、衣更着信、牧野虚太郎、三好豊一郎らと知りあい、彼らとの会話や議論、作品から大いに刺激をうけた。そして、彼らに影響を与えた第一次世界大戦後のヨーロッパ文学とその芸術運動を知って「未知の地平線を発見した思い」を経験。十七歳になるとT・S・エリオットの『荒地』を原文で読んで日本語にはない「語の使用法」を知り、深く感動している。田村は当時をふりかえり、「帰途」を収めた『田村隆一詩集』（思潮社）でこんな自己分析をしていた。

〈ただ、日本的な語法、日本的な抒情と論理を殺戮することが、知的な快感というよりも、もっと原初的な、いわばぼくの生理的な快感にうったえたのである。日本の、七・五を基調とする伝統的な詩歌はもとより、朔太郎、光太郎といった前世代の詩人たちの作品にも、まったく興味をもたなかった。そういう意味で、「文学少年」としては、ぼくはかなり畸型的であったと自認せざるをえない〉

日本的なる抒情や論理を「殺戮」したいほど否定することに生理的な快感を覚えた田村少年。その根底にあったのは、生まれ育った大塚への強い反発だった。〈江戸末期の低俗な享楽を売物とする閉鎖的なアナクロニズムの世界から脱出したい〉という衝動が田村を詩の世界へと導いた。

〈したがって、ぼくに、「詩」にたいする好奇心、「詩」にたいする一種の渇望をよびおこしてくれたものは、同時代の、同世代の、知的な青年たちの

「詩」でなければならなかった〉

田村少年が西脇順三郎の『Ambarvalia』に衝撃をうけ、「ル・バル」に集う知的な先輩たちのモダニズム詩に学び、T・S・エリオットの『荒地』に感動したのは必然だった。

【メモ2 酒と乱読と戦争】

しかし、時代ははっきりと戦時色を強めていた。昭和十五年三月に第三商業学校を卒業した十七歳の田村は、就職が決まっていた東京瓦斯（現・東京ガス）には一日も出社せず、大学進学のために予備校に通いはじめた。とはいえ、進学の目的は徴兵猶予。私大の文科ならほぼ無試験で入れたため、二カ月もすると予備校へは行かなくなった。

田村はもっぱら「ル・バル」の仲間と新宿界隈を飲み歩いた。この頃よく足を運んで同世代の詩人たちと議論を交わしたバー「ナルシス」について、田村は後年、何度もエッセイに書いている。堀田善衛と知りあったのもこの店だった。その一方で一日平均二冊ぐらい、主として文学書を片っ端から読破していったらしい。特に集中して読んだ作家は、ドストエフスキー、ヴァレリイ、トーマス・マン。知的な先輩である鮎川がスタンダールに熱中すると、すぐに真似して夢中になった。

そんな酒と乱読の日々の中で、田村は自分なりの「詩」への認識をかためていく。そのあたりについての回想も、現代詩文庫『田村隆一詩集』に書いてあった。

〈ぼくにとって、「詩」は、詩作品、詩という特殊な言語型態にかぎらなかった。むしろ、同時代の少数の「詩」をのぞいたら、詩という形をしているだけに余計グロテスクだった。たとえ、「生硬な」日本語に訳された西欧の散文であろうと、「完成」の核があれば、それで充分、ぼくに「詩」を経験させた。精神を全的に震撼せしめるもの、それが「詩」だった〉

西欧の散文、つまり小説であってもそこに「完成」の核があり、自分の精神が全的に震撼するものであれば、それは田村にとって「詩」だった。鮎川、中桐、森川、牧野らの実験的な作品にもあった、「完成」の核。それは決して「完成美」ではなく、田村は、あくまでも「完成」の核をもった作品と精神を「詩」ととらえた。

翌十六年四月、明治大学文芸科に入学した田村は、小林秀雄の日本文化史と長与義郎の現代文化の講義にはまじめに出席したが、詩を教える萩原朔太郎の講義には一度しか出なかった。そして十二月八日、太平洋戦争がはじまったとき、田村ははっきりと「死」を意識する。実際、森川はすでに入隊し、牧野は病死していた。十七年には中桐と鮎川が召集され、森川はビルマで戦病死した。あいついで年長の文学仲間を失った田村は詩を書かなくなり、乱読と古典落語（特に三遊亭可楽と桂文楽）に熱中。噺家になろうとするが、背が高すぎて断念したらしい。〈忘却されていたぼくの「大塚」が顔を出しはじめる〉と、田村は当時をふり返っていた。

文科系学生の徴兵猶予が停止となった十八年十月、田村は徴兵検査に合格し、横須賀第二海兵団に入団。同期には、後に『戦艦大和ノ最期』を著す吉田満、俳優の西村晃がいた。翌年、海軍予備学生試験に合格した田村は土浦と鹿児島の海軍航空隊で訓練を受け、学生教程を終えると滋賀海軍航空隊に配属された。そして二十年七月、本土決戦に備える陸戦隊に編入され、噴進砲中隊付きの士官として舞鶴地区防衛の任についた。この地で終戦を迎えた田村は退職金が尽きるまで京都で飲み歩き、奈良にも遊んで九月下旬に帰京した。現代詩文庫『田村隆一詩集』には、田村が目撃したその日の東京の光景が描かれている。

〈ぼくはレインコート一つ肩にかけたまま京都から復員すると、巣鴨駅でおりた。一面の焼跡。新宿の伊勢丹の焼けビルが、すぐ目の前に見える。ぼくは大塚までゆっくり歩いていった。家の焼跡に立って、あたりをながめても、白昼だというのに人影一つない。「大塚」は地上から消えていた〉

【メモ3　荒地】

終戦の翌年、田村は銀座の日の出書房に入社して絵本の編集に携わりながら詩を発表しはじめた。復員してきたかつての「ルル・バル」の仲間たちとも頻繁に会うようになり、二十二年九月、彼らとともに月刊「荒地」を創刊。創刊時の同人は田村のほか、鮎川信夫、黒田三郎、中桐雅夫、北村太郎、木原孝一。田村は創刊号と二号の編集人を務めたが、「荒地」は六冊を刊行して翌年六月に終刊した。雑誌としては短命ながら、T・S・エリオットの詩題を冠したこの詩誌は「戦後詩人の第一声」と評価された。その後、二十六年から三十三年まで年刊『荒地詩集』（一九五一―五八）が編まれ、二十九年には吉本隆明が新人賞を受賞した。

初めてくわしく田村隆一の経歴を調べ、その過程でいかに田村ならではの詩が生まれてきたか探っていた当時の私は、ここで一つうなずいた。戦前に「ルル・バル」に集った同世代の詩人から新たなモダニズム詩を吸収していった田村は、自身が戦後の時期を迎えたとき、ついにその学習の成果を構築しはじめた……。

そもそもが第一次世界大戦後のヨーロッパではじまったモダニズム詩だけ

に、その基底には「戦後」があった。田村が学んだ「ル・バル」の年上の知的な青年たち、たとえば鮎川信夫は、戦前からすでに「戦後」について考え、表現していた。そんな彼らの傍らにいて影響をうけた田村は、第二次世界大戦後、自身の戦争体験よりも、それ以前にあった「戦後」を通して自分の詩を見いだしていったのではないか。

【メモ4　アガサ・クリスティ翻訳】

昭和二十五年、田村は第三商業学校の同級生だった加島祥造の勧めで、創業して間もない早川書房が出版する「世界傑作探偵小説シリーズ」の翻訳を手がけはじめる。翌年二月、アガサ・クリスティの『三幕の殺人』が最初の翻訳書として刊行されると、その後も、彼女の『予告殺人』や『山荘の秘密』などを翻訳していった。

【メモ5　ハヤカワ・ポケット・ミステリ】

昭和二十八年七月、加島の推薦で早川書房に入社した田村は、責任編集長としてハヤカワ・ポケット・ミステリの企画、編集に携わる。この仕事は同年九月より刊行がはじまり、戦後のミステリ界に大きな足跡を残した。田村自身はシリーズ百冊刊行を機に、三十二年七月、早川書房を退社した。

【メモ6　四千の日と夜】

田村の最初の個人詩集『四千の日と夜』が刊行されたのは、昭和三十一年三月だった。戦後の十年間に「荒地」を中心に発表してきた作品群。その巻頭を飾ったのは、次のような詩だった。

幻を見る人　四篇

空から小鳥が墜ちてくる

誰もいない所で射殺された一羽の小鳥のために
野はある

空から叫びが聴えてくる
誰もいない部屋で射殺されたひとつの叫びのために
世界はある

空は小鳥のためにあり　小鳥は空からしか墜ちてこない
窓は叫びのためにあり　叫びは窓からしか聴えてこない

どうしてそうなのかわたしには分らない
ただどうしてそうなのかをわたしは感じる

小鳥が墜ちてくるからには高さがあるわけだ　閉されたものがあるわけだ

叫びが聴えてくるからには
野のなかに小鳥の屍骸があるように　わたしの頭のなかは死でいっぱいだ
わたしの頭のなかに死があるように　世界中の窓という窓には誰もいない

＊

はじめ
わたしはちいさな窓から見ていた
四時半
犬が走り過ぎた
ひややかな情熱がそれを追った

（どこから犬はきたか
　その痩せた犬は

どこへ走り去ったか
われわれの時代の犬は
（いかなる暗黒がおまえを追うか
いかなる欲望がおまえを走らせるか）

二時
梨の木が裂けた
蟻が仲間の屍骸をひきずっていった

（これまでに
われわれの眼で見てきたものは
いつも終りからはじまった）
（われわれが生れた時は
とっくにわれわれは死んでいた

われわれが叫び声を聴く時は
もう沈黙があるばかり)

一時半
非常に高いところから
一羽の黒鳥が落ちてきた

(この庭はだれのものか
秋の光りのなかで
荒廃しきったこの淋しい庭は
だれのものか)
(鳥が獲物を探すように
非常に高いところにいる人よ
この庭はだれのものか)

十二時
遠くを見ている人のような眼で
わたしは庭を見た

＊

空は
われわれの時代の漂流物でいっぱいだ
一羽の小鳥でさえ
暗黒の巣にかえってゆくためには
われわれのにがい心を通らねばならない

＊

ひとつの声がおわった　夜明けの

鳥籠のなかでそれをきいたとき
その声がなにを求めているものか
わたしには分らなかった

ひとつのイメジが消えた　夕闇の
救命ボートのなかでそれをみたとき
その影がなにから生れたものか
わたしには分らなかった

鳥籠から飛びさって　その声が
われらの空をつくるとき
救命ボートをうち砕いて　その影が
われらの地平線をつくるとき

わたしの渇きは正午のなかにある

高校二年生の夏にも読んだはずの詩は、冒頭から自在なリズムを刻んで進み、強烈なイメージを私に残した。そこには焼跡をじっとみつめ、不意に空を見上げるレインコート姿の田村青年の眼があった。すでに戦後に生きてきたはずの自分が目撃し、聴いてしまった実際の戦後の光景。そこに辿りついてしまった時間の流れを復習してみても、それはあくまでも検証の域を出ない。さてここから先、どうすればいいかはわからない。ただ、いや、だからこそ、せめて太陽が真上にある正午のように、屹然と自分は立っていたい……。

私は、田村の最初の詩集が出てから四年後に生まれている。田村より一歳年下の、陸軍の下級兵士だった父をもつ者とはいえ、敗戦直後の青年の思いをはっきりと理解するのは難しい。この詩を再読して私が見たイメージも、あくまでも幻想だ。誤読の発露だ。

しかし、「そこが詩の魅力なんだ」と、私はあらためて詩人の連載に意を強くした。すぐれた詩がもたらす、言葉の心地よい連なりとイメージの喚起。たとえ世代はかけ離れていても、生きている時代があきれるほど違っても、言葉を介したイメージの交歓が可能となる表現が読まれないのは、やはり惜しい。そして、かなり悔しい。

【メモ7　大江健三郎との喧嘩】

『続・田村隆一詩集』（現代詩文庫　思潮社）に収録されている大江健三郎の田村に関する論文を読んでいたら、〈真夜中、〈オーデンの詩句に即していえば、in the dead of night の〉日暮里駅前で、おたがいに乱酔して、ちょっとした殴り合いを演じたこともあった〉という文章に出くわした。驚いた。酒仙とまでいわれる大酔漢の田村はともかく、大江の「乱酔」は想像しにくかった。しかも、殴りあう二人を止めたのが駅の周辺にいた愚連隊だったとは。彼らは、「暴力はやめろ、暴力はやめろ！」と声を上げて田村と大江を引き離したらしい。

【メモ8　言葉のない世界】

昭和三十七年十二月、二冊目の詩集『言葉のない世界』を刊行。私が覚えていた「帰途」はこの詩集に収められていた。

【メモ9　鎌倉へ】

昭和四十五年八月、田村は鎌倉市材木座に転居した。二度目の渡米から帰国すると、同市稲村ガ崎に家を建てて転居。表札は西脇順三郎に書いてもらった。後に、還暦パーティーを機に二階堂へ移る。

【メモ10　アメリカ生活】

昭和四十二年にアイオワ州立大学から客員詩人として招かれた田村は渡米し、翌年四月三十日まで滞在。ロサンゼルス、ハワイに立ち寄って帰国した。四十六年にはアメリカ詩人アカデミーに招かれ、谷川俊太郎、片桐ユズルとともに再び渡米。二カ月の滞在期間中にハーバード、プリンストンなどいくつもの大学で朗読を行い、ニューヨークに滞在した際、W・H・オーデンを訪ねた。

ある詩人の肖像

今日　六十歳のあなたの写真を見た
韻律にきびしく鍛えぬかれ
生の中心から燃えあがる炎に焼けただれ
深く大きな皺が刻みつけられた顔面は
まるで岩だ　ペロポネソス戦役の提督だ

その鷲の眼は
恐怖と不安と人間の崩壊を観察してきた

あなたの攻撃目標は
部分で全体ができているにすぎないと
みくびっている全体主義者

部分のなかに全体がふくまれていないと
信じこんでいる部分主義者　だから
あなたの偉大な耳は沈黙の声を聞く
「ぼくらは互いに愛しあわねばならぬ
さもなければ死だ」Ｗ・Ｈ・オーデン

オーデンの詩が好きだった私は、まだ見ぬ田村に軽く嫉妬した。

よく飲みよく語りよく笑う

一九九四年の仕事はじめは、田村への依頼状書きだった。新しい雑誌の趣意書と新連載（タイトルは「詩人からの伝言」）の意図をできるだけ簡潔に、手書きで記して郵送した。数日後、「一度、鎌倉にいらっしゃい」と田村から電話が入った。

初めて会った田村隆一はでかかった。一七二センチの私よりはるかに大きかった。エッセイのどこかに「背が高すぎて戦闘機のパイロットの身体検査に落ちた」とあったが、確かに、とても大正生まれとは思えない身長だった。酔って転んで骨折した太腿のリハビリ中とあって力なくベッドに腰かけてはいても、その偉容には迫力があった。

顔がまた立派で、美しかった。すでに何十点もの写真を見てわかっていたはずなのに、私は近くにある端麗な顔だちと切れ長の目にどぎまぎした。初めて見る美しい老爺の顔だった。

「田村先生！」

思わず私は声を上げ、あたふたと依頼内容を話しはじめた。

「先生はよせよ」

「……では、田村さん」

「どれ、ちょっと企画書を見せておくれ」煙草を吸っていた田村さんは長い腕を伸ばして笑みを浮かべた。「これでも、昔はちょっとした編集者だったからな」

田村さんは老眼鏡もよく似合った。

「よくわかんねえけど、いいよ、やりましょ、詩人からの伝言」

「ありがとうございます」

「詩人からの遺言、の方が洒落てるけどな」

「遺言……」

私が口ごもると、田村さんは煙草を灰皿にのせて突然、いななく馬のように天井を向いて笑いだした。かすれてはいても豪快な笑い声が部屋に響いた。私はついつられ、アハハハハハ……と追いかけた。

こうして、「ダ・ヴィンチ」創刊号から二年間連載され、後に単行本となる「詩人からの伝言」ははじまった。

月に一度、午後二時に鎌倉の山すそにある自宅を訪ね、パジャマ姿の田村さんに毎回違うテーマで話をしてもらい、その内容を私が伝言文としてまとめた。伝言のスタイルをとったのは、若い読者に少しでも詩や詩人を身近に感じてもらうためだった。ただし、「おれはホモじゃねえから」と断りをいれた田村さんの要望にしたがい、私はかならず女性編集者を同行して田村邸を訪ねた。

田村さんはよく飲み、よく語り、よく笑った。酔いがまわるほどに語りは滑らかになり、話の内容はテーマからどんどん離れていった。後から伝言をまとめる私としては困ったものなのだが、田村さんの口から飛びだす思いがけない断定と比喩、そして絶妙の間合いに魅了され、気づけばこちらから脱線話の先を求めてしまうのだった。

この人はいったいなんなんだろう?

田村さんの話につられて笑いころげながら何度もそんなことを思った。戦前からモダニズム詩に惹かれ、学び、倣い、戦後に開花して日本の現代詩の枠組みをつくりあげた詩人。「完成」の核を定型に潜伏させて美しく、リズムよく、ときに怖ろしく感じる詩を表現してきた人ながら、今ここにいる人は、美少年あがりの落語好きのご隠居のようだ。モダニズムと江戸が、ヨーロッパと大塚が、T・S・エリオットと桂文楽が、モルト・ウィスキーと日本酒が、戦前と戦後が、繊細と豪快が、田村隆一なる一人の日本人の中で混在し、攪拌され、こうして表出してるんじゃないか……勧められるままに酒の相手をして酔いが回る頭で、私はそんなことを考えた。田村さんは、たぶん、奇跡の人なんだ。

時限爆弾

医者に止められ、奥さんの厳しい監視下にあっても、田村さんはいつもどおり酒を求めた。かなり体調が悪く、われわれでさえさすがに制止したこともあったが、それでも田村さんは私に、ウィスキーをかすめてくるよう厳命した。水はトイレから拝借しろ、との指示も飛んでくる。そこで奥さんが夕飯の買い物に出かけたのを機に、私は台所からウィスキーのボトルを持ちだして部屋に戻り、トイレの水で割って田村さんと乾杯した。

田村さんはわずかに目を細めてグラスに唇をつけ、大きな右手を迷いなく傾ける。喉仏がぐっと上がり、ゆっくり下りて吐息がもれる。美味を満喫するその横顔に見とれていると、「長薗さん、君のお手柄なんだから、しっかり飲みなさい」と声がかかり、私はそれだけで嬉しくなってグラスをあおった。そうして何杯も飲みながら田村さんの錐《きり》のように鋭い文明批評に耳を傾け、田村メモを作成した際の疑問点を訊ね、その粋な回答に歓喜しているうちにきっちり仕事のことなど忘れてしまった。指示どおりしっかり飲んで酔っぱらった私は、いつの間にか田村さんと互角に喋りまくっていた。

「先生！」

「先生はやめろ、隆ちゃんと呼べ」

「先生！　詩は時限爆弾ですよ」

「爆弾か、ずいぶん物騒だな」

「だって、先生の詩、言葉なんかおぼえるんじゃなかったではじまる『帰途』、僕は高校生のときに初めて読んで、十六年以上も忘れていたのに、ふっと思いだして胸がざわつくんだから、危ないよ」

「そうか……」田村さんは新しい煙草に火をつけて美味そうに一服した。

「ちょっとは、君も詩がわかったな」

一瞬、田村さんと私は恋人同士のように無言のまま見つめ合い、それから同時に、いななく馬になって笑いだした。声がでなくなっても笑いはつづき、田村さんも私も噎《むせ》びだしたところに奥さんが現れ、二人はこっぴどく叱られて頭を下げた。

田村さんの体調が芳しくないと知ったのは、一九九七年の晩秋。食道ガンの治療をしているらしいとの伝聞だった。だから、翌九八年一月三日、新聞広告で田村さんを見たときには驚いた。嬉しかった。

モノクロでも高級品とわかるスリーピースのスーツに身をつつみ、コートを羽織ってステッキを持った田村さんがこちらを見ていた。まるでシェークスピア劇専門の老俳優のような威厳とスマートさが漂ってくるその左胸あたりに、大胆なキャッチコピーがあった。

おじいちゃん

にも、

セックスを。

広告主は宝島社。ひとつ間違えれば下劣になりかねないコピーも、田村さんの風貌を得て、超高齢社会に向けた堂々たるメッセージとなっていた。しかし、その年の八月二十六日、田村さんは亡くなった。七十五歳だった。葬儀は同月末日、台風一過の暑い日だった。私は荒木さんと並んで霊柩車を見送り、それから二人して、鎌倉駅前の蕎麦屋、横須賀線のグリーン車、銀座の文壇バーでひたすら酒を飲みつづけ、田村さんの思い出を語らいつづけた。荒木さんも私も、そうすることが田村さんを弔うもっともふさわしいやり方だと確信していた。

「詩人からの伝言」は、田村さんの死を境に本当に「遺言」になってしまった。伝言者としてはそれだけに、新しい読者がこの本を手にとり、チャーミングな詩人の声を読みついでくれることを願うばかりだ。そして、ここに収められた田村隆一の詩のどれか一篇にでも震撼したならば、ぜひ、彼の詩集にも手をのばしてほしい。

最後に。
田村さんが晩年を迎えるときに書いた詩を。やわらかな時限爆弾。

私の生活作法

木は黙っているから好きだ
木は歩いたり走ったりしないから好きだ
木は愛とか正義とかわめかないから好きだ

ほんとうにそうか
ほんとにそうなのか

見る人が見たら
木は囁いているのだ　ゆったりと静かな声で

木は歩いているのだ　空にむかって
木は稲妻のごとく走っているのだ　地の下へ
木はたしかにわめかないが
木は
愛そのものだ　それでなかったら小鳥が飛んできて
枝にとまるはずがない
正義そのものだ　それでなかったら地下水を根から吸いあげて
空にかえすはずがない

若木
老樹

ひとつとして同じ木がない

ひとつとして同じ星の光りのなかで
目ざめている木はない

木
ぼくはきみのことが大好きだ

人には、人の生活様式があり、その様式をスタイルと呼ぶ。
では、私の生活作法をお教えしよう。

一、よくねむること
一、よく歩くこと
一、ぼんやりしていること（みんないっしょに美しくぼけましょう）

星の光
野の花
さかまく水平線
倒立する地平線
帽子の下に顔があり
ドアをあければ人がいる
雪にきざまれた
鳥の羽
小動物の足跡
秋の夕陽の落下速度
春のおぼろ月

「時が過ぎるのではない
人が過ぎるのだ」
と
ぼくは書いたことがあったっけ
その過ぎてゆく人を何人も見た
ぼくも
やがては過ぎて行くだろう

眼が見える
いったい
その眼は何を見た

「時」を見ただけ

一、単純に生きること
一、単純とは複雑だということが、やっと分った
一、単純に生きようと思って単純でない、ということ
一、オールド・パーを持ってくること

帰途

言葉なんかおぼえるんじゃなかった
言葉のない世界
意味が意味にならない世界に生きてたら
どんなによかったか

あなたが美しい言葉に復讐されても
そいつは　ぼくとは無関係だ
きみが静かな意味に血を流したところで
そいつも無関係だ

あなたのやさしい眼のなかにある涙
きみの沈黙の舌からおちてくる痛苦
ぼくたちの世界にもし言葉がなかったら
ぼくはただそれを眺めて立ち去るだろう

あなたの涙に　果実の核ほどの意味があるか
きみの一滴の血に　この世界の夕暮れの
ふるえるような夕焼けのひびきがあるか

言葉なんかおぼえるんじゃなかった
日本語とほんのすこしの外国語をおぼえたおかげで
ぼくはあなたの涙のなかに立ちどまる
ぼくはきみの血のなかにたったひとりで帰ってくる

第一話　結婚

ホルモン愛から人類愛へ

結婚しなければわからない――結婚が難しいのは、これに尽きる。なんせ。結婚するまでは、男も女も外面《そとづら》を良くしすぎてるからな。必死で装ってるわけだ、自分を。そして、互いに性ホルモンに突き上げられて結婚するんだよな。だから、まずアドバイスとしては、一年間は子供をつくらないこと。

一年あれば相手の実態がわかってくるから、その間にパートナー、つまり共同生活者としてやっていけるかを確認するんだ。夫婦ってのは、最小単位のコミュニティだから、パートナーとして組めなければどうしようもない。一年経《た》って、相互補完できるラッキーパートナーと判断できたら、今度はできるだけ早く子供をつくることだ。男子一人、女子一人が理想。

結婚して十年過ぎると、ホルモンに押されて結婚した夫婦にも、〝戦友愛〟のようなものが目覚めてくる。次から次へと予想もしないことが起き、それをひとつひとつ二人で解決していくわけだから、まさに戦場の友として相手を想うようになるんだな。さらに二十年が過ぎると〝生物愛〟。そして、晩年からフィナーレに近づくと、これはもう〝人類愛〟（大笑）。自分が人類で相手も人類で、それが多くの奇蹟《きせき》の結果、隣にいる。ただただ人類であることに感謝しちゃうんだ。凄《すご》みがあるだろう、人類愛は。

とにかく、一緒に齢《とし》をとっていくことが大事なんだ。そうすれば、言葉がいらなくなる。言葉を必要としなくても「好《い》い加減《かげん》」がわかりあえる関係になる。したがって、「好い加減」夫婦になれれば、その結婚はよかったと思えばいいんだよ。

相手の選び方、その極意《ごくい》

もしも、だ。

ぼくに年頃の息子がいて、結婚を考えている女性がいるとする。その際に、ぼくは彼に向かってこう告げる。

「その女性の母親に会わせろ」

これでわかる。娘と母親は似ている。いわば、息子はその母親のようになっていく女性と結婚するわけだ。だから、母親を見れば、その娘さんの真の姿も想像がつく。

反対に、ぼくの娘が結婚を考えているならば、こう言うんだ。

「その男性の本当の親友二人に会わせろ」

類は友を呼び、友は類を呼ぶ。つまり、類は類を呼ぶのが男同士の友人関係だから、親友の二人にも会えば彼の実情が手にとるようにわかるわけさ。

二人の親友もいないような男は、論外。

どう、この着眼点は。ちょっといいだろう。

でも、まあ。結婚しようとしている二人は、こんな極意に耳を傾けたりしないんだろうな。アドバイスに従って判断したら×《バツ》だった、なんて伝えても納得しないよな。なんせ、溢《あふ》れんばかりのホルモンで動いている状態なんだから（笑）。かくして、結婚の悲劇は繰り返される。結婚している人は、ぼくの話が痛いほどわかってしまう。最初に言っておいた金言《きんげん》の重みが、そこにある。

だから、せめて、もう一度言っとくけど、結婚しても一年間は子づくりは控えること。勢いだけのホルモン活動で産まれてくる子供が、可哀相《かわいそう》だろう。もの心ついたら悲劇の中だったなんて、いい迷惑だよ。

一年間のバース・コントロール。

これだけは。

なっ。

受精

人間の見ていないところで
花はひらく
紫色の炎が空から垂れさがり
はげしい驟雨が海のほうへ駈けぬけて行くと
うなだれていた花は光りにむかって
唇をひらく

黒い蝶が通りすぎる
蜜蜂が通る
花は生殖器だから
ぼくは裸体のまま白昼の世界を見つめている
むろん
ぼくは人間ではない

第二話　別れ

ローン夫婦

子はかすがい。

夫婦の場合、昔は子供が絆《きずな》だったんだ。子はかすがい、良い言葉だろ。お互い、顔も見たくないぐらい相手に不平不満があっても、子供のために我慢する。この子のためなら、耐え難きを耐え、忍び難きを忍び……。それはそれで意味があるんだ。五年、十年。我慢しながらも時間が経《た》つうちに、二人とも成熟していくだろう。そして、子供が家庭を離れる頃には、また違った気持ちになって向き合えるというわけさ。相手への許容量が増えるんだ。

ところが、どうだい。今じゃ。

「夫婦の絆はローン」だっていうじゃないか。共同で借りたローンがあるために別れられない（笑）。ローン返済がかすがい、泣かせるよな。まあ、中には勇敢な若夫婦がいてさ、ローンはみんな、それぞれの親に任せちゃう。親はたまったもんじゃないよ。

金を出してやった結婚式では過剰演出で涙を流させられ、子供が残したローンは背負わされ。何のための俺《おれ》の一生だ、と思っちゃうよな。中高年の辛《つら》いところは、それなんだよ。欧米的に考えれば、社会人になったら結婚も別れも、自分の金でやるのがあたりまえだからな。

まあ、そもそも親が子供に金を使い過ぎるのがいけないんだけどね。子供から頼まれて「仕方ないな」なんて言いながら、目元は笑ってしまう親も増えているんだろう、きっと。離婚しても別れの痛みを味わえない若者。不幸な話だよ。

二十九歳の春

昔々、十九の春って歌があった。歌になるぐらいだから、十九歳は、女性にとって劇的な年齢だった。大学に行く女性は稀《まれ》で、仕事先も限られている。そして何より、もう二十歳は目の前に迫っている。女の一生の、最初の大きな分岐点だったわけだ。

今じゃ、二十代の別れが一番劇的だよ。当然、二十九歳の春が最高さ。十九の春なんて、十九の別れなんて君、ベイビーだよ。背負ってるものが違う。迫ってくるものが違うよ。化粧をおとした自分の顔の変化と限界も冷静に判断できる（笑）。そんな二十九歳にして、別れを迎えるんだ。二十九歳の春は、ドラマになるよ。でも、それも近いうちには、三十九歳の春になったりしてな。

まあ、別れる理由はいろいろあるだろうけど、当事者以外の人に迷惑をかけるのは良くないよ。人はさ、見えない迷惑をかけながら、他人《ひと》に助けられて生きているんだよ。見えないから気づかないだけなんだ。だから、他人の家庭を壊すようなことは、駄目《だめ》だ。

つまり、だ。

くっつくのは簡単なんだよ。前にも言ったけど、ホルモンに突き上げられて結ばれるんだから。はずみや錯覚や勢いだけでも、男と女はくっつくことができる。

逆に、一度結ばれたものを解くのは、ほんとうに難しい。知恵の輪を二つに分けるようにはいかないんだ。人生最大の難しさかもしれない。だって、嫌いでくっついたわけじゃないだろ。一緒にいるだけで嬉《うれ》しくなったり、同じ映画や風景を見ながら感動したこともあったんだろう。二人にしか回想できない楽しい時間が、確かに二人の人生に刻まれているんだ。

だから、なっ。

別れは高くつくんだよ。

歯

歯の痛み
痛みのない歯もある
ある日　その歯がポロッと
とれるときがある

歯は茶褐色になっていて
その色に感謝しなければならない
その色を見ていると

歯をかみしめた味　くいしばった味が
ぼくには
見えてくるのだ

歯のおかげで
ぼくらは養ってもらってきたのだ
その歯が
ある日　ポロッとぬけたとき
痛みのない痛みに
ぼくは痛みを感じるのさ

あの痛み

第三話　美人

美人のいない国

ぼくは、美人のいない国に行ったことがある。愉《たの》しかったな。驚いたな。知ってるかい、美人のいない国？

スコットランドさ。それも最北の方へ行ってごらんよ。荒涼とした土地が続くけど、美人がいないんだ。

嘘《うそ》じゃないよ。

ホテルにいる女性も、その辺の道を歩いている娘さんも……日本で会ったらみんな美人なんだ。そういう人ばかりだと混乱するよ。驚くよ。誰《だれ》が美人なのか、なんてことは頭に浮かばないね。無用の問いだ。みんな美人なんだから。こうなると、容姿で差がつかなくなると、女性たちは頭か技術でお互いの差をつけるしかなくなるわけさ。

日本……。

日本は、ちょっとな……。

少し可愛《かわい》いのは、すぐアイドルだろ。そして、悲しくなるような実力で歌って踊ってちやほやされて堕落していく。

女性の本当の美しさは三十代からなんだよ。西洋は四十代かな。十七歳から二十二、三歳までぐらいは生理的な美しさだよ。当然、肌は瑞々《みずみず》しく張りもある。そんなのは、あたりまえの生理現象さ。

大事なのは、難しいのは、チャーミングなレディへと成熟していくプロセスなんだ。そして、チャーミングなレディ、つまり、人間になっていくその過程がもっとも美しいんだ。若さの美しさは一過性だから貴重だけれど、チャーミングなレディの美しさは宝物さ。人類の宝物だよ。

美しくなる義務

女性の顔やその表情に対する男のモラルについても、ぼくは一言いっておきたい。

女性と擦《す》れ違った瞬間を大切にする、ということさ。通路や街を歩いていて、あちらから女性が向かってくる。気になるよね、男なら。でも、正視するのも変だ。変態と思われかねない。そこで、正面を向いたまま前進する。そして、互いに擦れ違う一瞬がおとずれる。その瞬間、その瞬間だけチラっと一瞥《いちべつ》するんだ。おっと思うかもしれない。はっと息をのむかも。ケっと言葉を吐くかもな（笑）。

だが。

だが、しかし。

決して、男は振り向いてはいけない。これは、立派な男のモラルだよ。

モラルといえば、かつて広告のコピーか何かで「女は美しくなる権利がある」云々《うんぬん》ってのがあったけど、田村流に直せば、「女は美しくなる義務がある」だよ。

考えてもごらんよ。美しい女性が増えるんだ、チャーミングなレディが増えるんだ。会社や駅前や店や家の中に、そんな女性が必ずいる——感じのいい社会になるよ。そうなると、男だって頑張らざるをえないだろう。チャーミングなレディを目の前にすれば、男も、「それ行けスマート」ってなもんだ。

まあ、男が先にスマートになって女性に刺激を与えてもいいんだけどな、でも、それはもっと難しいだろ。スマートとほど遠いこの国をつくってきた男たちのことを考えれば、無理な期待だよ。だからさ、感じのいい社会の創造は、現代の日本女性にお願いするしかないんだよ。義務だと思って、もっとも素敵《すてき》な美しさを身につけてくださいよ。

ぼくは今、ほんとにチャーミングなレディに会いたい。会いたい。

だから。

なっ。

細い線

きみはいつもひとりだ
涙をみせたことのないきみの瞳には
にがい光りのようなものがあって
ぼくはすきだ

きみの盲目のイメジには
この世は荒涼とした猟場であり
きみはひとつの心をたえず追いつめる
冬のハンターだ

きみは言葉を信じない
あらゆる心を殺戮してきたきみの足跡には
恐怖への深いあこがれがあって
ぼくはたまらなくなる

きみが歩く細い線には
雪の上にも血の匂いがついていて
どんなに遠くへはなれてしまっても
ぼくにはわかる

きみは撃鉄を引く！
ぼくは言葉のなかで死ぬ

第四話　酒

旅先では地酒を飲む

酒はそもそも、その土地でとれる材料と水でできている。土と水と太陽とが、穀類を発酵させ、その液状のアルコールを純化させ、眠らせることによって生命の水になる。つまり、酒はその土地の文化の結晶なんだ。だから、訪ねた先の食文化を知りたかったら、そこの地酒を飲むことをお勧めしたい。そして、肴《さかな》はその土地の野菜や魚。そうすれば、彼《か》の地の文化が、まさしく身にしみてわかるというわけさ。それなのに、北海道に行って立ち寄った小料理屋で、いい酒とはいえ菊正宗を出されたりすると、ほんとガッカリしちゃうよな。

ところで、田村さんはどんなお酒が好きなんですか、とよく訊《き》かれるんだけれど、「酒は肴にしたがって飲むべし」。これが、ぼくの信条さ。

おでん、刺身、越前ガニ、アワビ、そして寿司《すし》には、日本酒。屋台の焼鳥と称する豚の臓物《ぞうもつ》には、断じて焼酎《しょうちゅう》。キング・サーモンがあればスコッチ。固いビーフステーキならば、北米バーボン郡のバーボン・ウィスキー。フランス料理、イタリアのパスタの前では、当然ワイン。中国料理には、老酒《ラオチュー》。ジャガイモ料理にはビール。インド料理にはロキシイという甘くて強烈な酒。豚の丸焼が出されたら、サトウキビを原料にした蒸留酒だな。ついでに、豆腐《とうふ》、厚揚《あつあ》げ……冬になったらスキ焼で日本酒を一杯さ。スキ焼の醍醐味《だいごみ》は、一夜あけた鉄鍋の残りに卵をかけて、火にかける。そこで一杯。それからぬる湯につかって、午睡《ひるね》する……極楽だよな。おい、もうぼくは我慢できない。

ちょっと一杯、いただくよ。

酒を愛するコツ

酒を飲むとあばれる、いわゆる酒乱の人がいるけど、酒の仕業《せい》にしてもらっては困るよ。酒は愉《たの》しく飲んでこそ、その有難味に感謝できる。たしかに、ストレス解消のために飲む人は多い。特にサラリーマン。その気持ちはわかるけど、だからこそ、酒乱は精神の問題だと言える。決して、酒の責任じゃない。

西洋では、アルコール中毒の人を除けば、酔っぱらって街中で倒れたり、電車の中で寝てる人をほとんど見かけない。

ところが、どうだい。日本は。

若い女性が深夜、酔っぱらって街をふらついていても大丈夫。電車で口あけて寝てても平気だろ。ニューヨークやパリなら、身ぐるみ剝《は》がされても文句言えないよ。下手すれば、殺されるかもしれない。でも日本じゃ、ＪＲの職員が毛布かけてくれるんだから、ほんと安全な国なんだよ。酒飲みには天国だな、日本は（笑）。日本に来た外国人がまず驚くのが、公共の場で見かける酔っぱらいの多さだと聞いたけど、うなずくしかないな。

ただし、これだけは言っておくよ。

酒に対しては礼儀正しくあるべし、と。つまり、酒を愛するということさ。男が女を愛するごとく。女が男を愛するごとく。だから、酒を愛するコツは、酒と会話することさ。一人で酒を飲みながら、酒と会話する。ぼくのように、若い頃から酒と友だちになると、酒にも青春、壮年、初老、晩年があることが手にとるようにわかる。酒が老《ふ》ければ、ぼくだって老ける。老ける、という言葉が淋しい響きを伝えるなら、熟成と言い換えてもいい。酒が老けるにつれ、ぼくには遠近法が生まれてきた。酒は、ぼくにとっては旅の車窓のようなものさ。過ぎ去って行く風景の光と影。それは、カメラのレンズではとらえられない。酒によって造形された肉眼のおかげで、ぼくは遠近法を自分のものにできたんだ。酒と会話をしてきて、ほんと良かったと思ってる。宿《ふつ》酔《よ》いでもがいたり転んで怪我《けが》もしたけれど、酒を愛することに、後悔したことはない。

あなたも、愛する人と言葉をかわすように、酒とつきあってください。そうすりゃ、嫌でもマナーは良くなるんです。

愛する人の前では、そうそう無礼はできない。そうだろう。なっ。

水

どんな死も中断にすぎない
詩は「完成」の放棄だ
神奈川県大山《おおやま》のふもとで
水を飲んだら
匂いがあって味があって
音まできこえる
詩は本質的に定型なのだ
どんな人生にも頭韻と脚韻がある

第五話　嘘《うそ》

総理大臣の条件

若い人はよく「ホンネと建前《たてまえ》が違う」と文句を言うけど、いいかい、建前で社会はできているんだよ。ちょっと考えてもごらんよ。ホンネばっかりだったら、社会はたちまち崩壊、分裂しちゃうよ。

年老いた浮浪者を指差して「自業自得《じごうじとく》だ」と言い切れば、社会福祉なんて考えは無用さ。最近の少年犯罪で目立ちはじめたけれど、弱者をいじめて喜ぶことになる。ホンネで行動したら人を殺してしまったというわけさ。また、多くの人間がホンネに忠実に私利私欲で「金がもうかればいい」と叫びだせば、あのバブル景気よもう一度となるよな。地上げは許せん、土地高騰はけしからんと言ってる舌の根も乾かぬうちに「金が欲しい」とくれば、愚行をくり返す社会しか、ぼくらはもてないことになるんだ。

ホンネという我欲の主張が正しい行動なわけじゃないんだ。「私はホンネで生きている」なんて、かなり甘い台詞《せりふ》だよな。その人の周りでは、多くの人がホンネを抑えて見守っているんだよ、きっと。周りの誰《だれ》かが、「君のホンネは迷惑だ」と反駁《はんばく》したら、たちまちそれまでの人間関係も終わりを迎えるのさ。個人と個人にしてそれだから、ホンネだけの社会なんて争いの絶えない殺伐《さつばつ》としたものになってしまう。つまり、或《あ》る意味では、建前という嘘は社会的に有効なんだ。

要は、嘘の効用をよく知っていて、コントロールして使うことが大切なんだ。嘘の最大の効用は〝制度〟だけれど、この設定の機会、有効活用に長《た》けた者だけが社会を治める資格をもつのさ。なかでも、総理大臣を務める人物は絶対に身につけておくべき能力なんだ。

彼が嘘の効用を熟知し、活用に秀でてごらん。物価は抑制され、社会は安定を保つだろう。ホンネ渦巻く人間社会をコントロールするんだ、彼にはかなりの力量が求められる。だから、ぼくらは本当の総理大臣になかなか逢えないんだよ。

化粧は嘘のはじまり

うちの娘が言うには――顔は単なるキャンバス。あとはテクニックの問題、だとさ（笑）。そのテクニックこそが、化粧だよ。確かに、そのとおりだろう。この化粧が女性の嘘のはじまりだな。男はみんな、テクニックにだまされるってわけさ。男の顔なんて、せいぜいヒゲを剃《そ》ってクリームを塗るぐらいだろう。まあ、鼻毛もあるけどな。鼻毛って言えば、男は鼻毛を切って白髪《しらが》を見つけたときに、〝人生の秋〟を知るんだ（笑）。女性は生理がなくなってもなァ、どんどん元気になっちゃうからな。だからさ、女には秋がわからないんだ――かなわねェよな、まったく。

とにかく、女は元来、嘘のかたまりなんだ。勿論《もちろん》、男だって嘘つきさ。ただし、男は嘘をつくと意識して嘘をつく。つまり、確信犯さ。女は違うね。本人が、自分の嘘に気づかずに嘘をつくからな。嘘をついていることを自覚しない。だから、その嘘を責めたて追及したって、本人は責任を感じないんだ。謝ることもしない。そりゃそうだよな、嘘をついている自覚がないんだから、自分は悪くない。色恋沙汰《いろこいざた》の事件なんて、おおかたはこんなところが原因かもしれないよ。困っちゃうよ。

でもな、どっちが偉い偉くない、なんて問題じゃない。さっきも言ったけど、嘘の効用がわかっていればいいんだよ。嘘を人生の潤滑油にすることさ。だって、男は美しい嘘は許すんだよ。化粧に文句なんか言わないだろう。デレデレした顔で腰をフラフラさせながら、喜んでだまされちゃうんだから(笑)。ぼくも、ずいぶんだまされました。理由は簡単。

醜い真実より、美しい嘘。

胸の内に隠しておいたホンネが、頭をもたげてきてどうしようもなくなるのさ……なっ。

叫び

黒いものが見える
それがあなたに見えないなら　そして
もし世界が小量の毒でしかなかったなら
雨の日に黒いものはひとりで濡れる
時の滅びるときに
死は死の意味にみちてひとつの肉
それはあなたのために輝くでしょう
黒いものが見える

われわれに見えて
あなたに見えない時のなかで
あなたに見えて
われわれに見えない時のなかで
滅びるものは滅び　星は土に
時は場所に
あなたは彼女の叫びを聴くでしょう

第六話　教養

「一寸先は闇」を生きる知恵

極端に言うと――。

自分が実際に経験した辛《つら》いこと、痛いこと、面白いことを素直に次の世代に伝えるのが、教養なんだよ。いろんな本から引用してしゃべることを、ぼくは教養と思っていない。

そもそも、教養、つまりculture《カルチャー》には「耕《たがや》す」という意味があるんだ。時間がかかるんだよ、教養は。五、六年で教養人なんて、みんなニセ者だよ。そんなやつらの話は信用しちゃいけない。全部受け売りさ。本当の教養人とは、いろんな訓練をうけたスペシャリストのことなんだ。昔の職人の世界は、その典型だな。ドイツには、今でも厳然と残ってる。カメラのライカなんか昔ながらのやり方で、本当にいいボディのカメラを今もつくっている。日本もね、レンズみたいな精密技術はすぐれているんだけど、どうしたことか、ボディに弱い。クルマもそう。ドイツはカメラだけじゃなくクルマもな、ボディを重んじるわけだ。

ボディってのは、過去だよ。

つまり、ボディを重んじない日本とは、過去を重んじない国ということさ。職人がいらない社会を理想にしてるんじゃないか、この国は。

いいかい、今は過去の上に在《あ》るんだぜ。過去と今はつながっているんだ。継ぎ目がわかりにくい積み木みたいなものさ。だから、過去を大事にしないということは、今を大事にしないということになるんだ。

過去、今、未来。

昔の人は、「一寸先は闇」という言葉で未来のことを表現したけど、そこには、一寸先もわからないから生きていくファイトが湧《わ》くという意味があるんだ。わかったら、やになっちゃうだろ。生活に疲れ切った十年後の自分がわかったら、生きていく意欲なんてなくなるぞ。たるみきった自分の顔をつきつけられたら、絶望しちゃうだろう（笑）。

そして、その「一寸先は闇」を、つまりは未来を生きていくために、過去から積み重ねた知恵が大事になってくるんだ。その知恵こそを、教養と呼ぶのさ。

骨身に染みて、教養

職人の世界は徒弟《とてい》制度だけど、親方は何も解説しないね。弟子は、見よう見真似《みまね》で技を身につけてきたわけだ。まあ、その親方も同じようにその親方から真似てきてるんだけど、それが伝統を生むことになる。

しかし、戦後の日本の教育は解説だらけ。「解説文化」なんだよ。ぼくにも詩の解説をなんて講演依頼がくるけれど、ぼくにはトンチンカンだよ、詩の解説なんて（笑）。

ところが、解説じゃ、教養は身につかないんだ。自分で身に染みるってことがないから、自分のものにならない。解説読んで家を建てることはできない。「詩のつくり方」を読んで詩はつくれない。大工は大工をやることで大工になり、詩人は詩を書くことで詩人となっていくのさ。体に染み込まなけりゃ、自分のものにはならない。解説だけじゃ一過性で終わっちゃうんだ。

いいかい、骨身に染みて初めて身につくんだよ、教養は。そうすると、男でも女でも良い顔になるね。特に、男はね。ブ男でも四十ぐらいで、本当にいい顔になってくるから、教養とは不思議なものさ。

覚えておいてくれよ。解説じゃない、骨身に染みてこそ、教養は身につくってことを——。過去の蓄積の今を、次の世代に伝えるためにもな。

頼んだよ。

なっ。

反予言

人
という形象文字には
ぼくを熱い恐怖にかりたてるものがある

落下もしない
上昇もしない
土と石にはりつけられた文字

どんな大潮でも

砂上から
岩礁から

この文字を消し去ることはできない
フランスに赤いバラが咲くときでも
人は人という文字から自由には

なれない　十六世紀のノストラダムスの大予言は
四行詩だが
反予言を三行詩で書いてみないか

科学的予言も空想的予言も
反予言であることに変りはない
科学的社会主義者よりも

空想的社会主義者のほうがぼくの
好みにあうのもそのせいだ
ぼくの家の小さな庭に
西洋種の赤いバラが咲いた
それで二階の寝室から急勾配の階段を
つたわって　七つの大洋と砂漠を横断して
ぼくは水洗便所に入る　その階段からころがり落ちたのは
三年まえのクリスマス・イヴだった　それなのに
水仙の花も咲かなかった
階段からころがり落ちたおかげで

ぼくが物質的存在であり物理学の支配下にあることが分った
西洋便器に腰かけて考える人のふりをする

慢性便秘に悩んでいた美しい女性も
下痢に虐げられていた哲学青年も
この世から立ち去って

霊的存在となった
核分裂よりも細胞分裂の低下のほうが
人類の敵だ

考えるふりは
もうやめた　空想するふりをして
考えているほうが実利的ではないか

きれいな水爆
後遺症なき水爆
これだったら人という文字も蒸発して
虹色の空に足音もなく帰って行くだろう
第四氷河期の世界へ　人は
巨大獣になってマンモスの痛みと歓びを追体験するだろう
それからまた
階段をよじ登って髭を剃る　ベッドのなかで
髭が剃れる電気剃刀は
今世紀最大の発明だ

悪は実在するが善は一概念にすぎない
「……するなかれ」という否定形でしか
善を説明することはできない

生と死は対立概念ではない
生は経験しつつあるが
死を経験したものはだれもいないからだ

ほんとうにそうか
ぼくの遠近法ときみの遠近法とはちがうのか
では　きみとはいったい誰だ？

小さな家
に

大きな落葉樹が一本
大きな部屋に
小さな木の食卓があって
人は歩きながら考えるべきだ

窓の外には
緑色の雨
白蠟化された死体が緑の血を流していたとしても
きみは写実に生きるべきだ
五官以外のものに頼るな
肉眼の世界だけを信じることだ

ぼくらの世紀末は小氷河期に入るそうだが
それだったら
第五氷河期に　あとは
まかせておけ

第七話　旅

よく遊び、よく遊べ！

旅は一人旅に限る。だけど、昔は、女の一人旅というのはできなかった。だって、宿屋へ行くだろ。襖《ふすま》一枚だけで、隣にはぜんぜん知らない男か、女が寝ているんだから。襖一枚だよ。ロックないんだよ。困っちゃうよ。

密室ができないんだ。だから、日本では本格的な探偵小説ができなかった。ロックがないから、どうしても捕り物帳になっちゃうんだ。西洋風の本格的な探偵小説というのは、戦後、昭和三十年代ぐらいからでしょ。まあ、東京オリンピック後だね。

それから、やっとロックがものをいうようになってきた。女性も新幹線に乗るし、一人で安心してシングルルームにも泊まると。だから、女性が一人旅ができるようになったのは、本当に、つい最近のことなんだ。それまでは、ちょっと女性はできなかった。なかには、雲助《くもすけ》みたいなのもいるしな、ぼくみたいな（大笑）。

旅の魅力は、未知なるものと遭遇することにある。知らない土地、風景、顔、言葉、花、そして自分自身。遭遇しながら、自分の肉眼を養っていく。「私は、一・五です」なんてのとは違うぜ（笑）。それは視力の問題。肉眼というのは、ものの奥まで見えるような眼だよ。鍛えれば、本当のいいものがわかってくる。肉眼だけが詩を詠《よ》むことができる。年齢に応じて、未知との出会いの新鮮度も違ってくる。

そしてね、遊ぶということと旅とは、非常に似ているところがあるんだな。遊ぶということも、また、未知との出会いなんだよ。だから、遊ぶ。

昔は、〝留学〟とは言わなかった。外国の大学へ行ったりなんかするのを、〝遊学〟と言ったの。〝学〟に〝遊ぶ〟んだよ。遊そのものに、旅という意味があるんだ。藤沢には、「遊行寺《ゆぎようじ》」というお寺まである。だから、淑女にもの申すぞ。

「よく遊び、よく遊べ！」

空《むな》しい人生も、立派な旅

ぼくたちは、どんなにつっぱったって二百歳までは生きられない。これは、〝人間の宿命〟というより、〝生物学的な宿命〟ですよ。人間の生物学的構造からすれば、心臓とか肝臓などの器官だけなら、百二十歳から二百歳までもつんだよ。だけどな、たいがいそれまでに、他の病気でみんなとお別れするんだな。

人間っていうのは弱いものなんだ。だから、お互いいろんな力を発揮しながら協力しあっていくのが社会だと、ぼくは思うわけさ。

そのうちに、すごいハンサムな青年に会えるかもしれない。

そんな空しくも切実な期待を抱きながら生きていくのが、人間の社会なんだよ。

そして、それも旅なんだな。旅をつづけることで、あなたは権利の重さと義務の歓《よろこ》びがわかってくるよ。開かれた社会をつくるのには権利の重さが、個人が自立することによって初めて連帯が生まれるのには、義務の歓びが不可欠だからさ。

人生の旅は面倒くさそうかい？

でもね、堂々と空しい期待を抱きつづけるのさ。あなたは、人間なんだから。旅は人間の特権なんだから、いい旅をしようじゃないか。

なっ。

天使

ひとつの沈黙がうまれるのは
われわれの頭上で
天使が「時」をさえぎるからだ

二十時三十分青森発　北斗三等寝台車
せまいベッドで眼をひらいている沈黙は
どんな天使がおれの「時」をさえぎったのか

窓の外　石狩平野から

関東平野につづく闇のなかの
あの孤独な何千万の灯をあつめてみても
おれには
おれの天使の顔を見ることができない

第八話　電話

安定した字

電話は、便利だよな。

便利といえばテレビもそう。この二つは、だから、情報社会の大きな象徴でもあるわけだ。当然、良いことばかりじゃない。便利だって喜んでいられないこともあるよ。

たとえば、だ。

電話がここまで行き届くと、手紙を書かなくなる。手紙ってのは、思いを伝えるのに向いているんだ。まあ、そのためには言葉と字が大切になってくる。自分の思考や感情を表現するにふさわしい言葉を識《し》らなけりゃ、一文字だってペンは進まない。たとえば、ラブレターを書こうと思うと、嫌でも言葉に敏感になるよな。ほかの誰とも違う「好きです」「愛してます」を探すわけだ。自分の感情にピッタリくる言い回しを、真剣にね。必死だよ、自分のためだから。

次の問題は、字だ。字が汚いから手紙を書かない、って人もいるだろうな。でもね、字が汚くても、しっかりと正確であれば礼儀にかなうんだよ。だからって、右下がりの字はいただけないな。暗くなるよな、読む方が。そうなると、正確で安定した字であれば良いってことだ。なっ。

高度情報社会に一通の手紙を

東京のような大都会では、電話だけで他人との会話が成立している。この様《さま》は孤独だな。だから、電話は、孤独の象徴でもあるわけだ。

マンションの隣人とも話さない日常。個人的な会話が、どんどんできなくなってるよな。夜毎《よごと》、勝手な番号に電話をかけて、相手の反応だけを聞いて受話器を置く青年。その顔はどんな表情をしてるんだろうか？　悲しくはないんだろうな。きっと、ほくそ笑んでいるんだろうな。電話の向こう側への興味よりも自分の鬱憤《うっぷん》をはらすことが優先されているから、そんな行為でも達成感を味わってしまう。昼間は無表情でやり過ごし、夜は受話器で興奮かい――イタズラ電話は、だから、なくなりはしないんだ。顔と顔とをつきあわせた会話が苦手になってる。

電話の便利さが、実は孤独を増長させてるのかもしれない。パソコン通信、インターネット。これからもコンピュータ情報社会はさらに高度化していくんだけど、その分、孤独が深まるかもな。

テレビ電話が普及したら、どうなるんだろうな。本当にどうなるんだろう――。実際に人前に立つことすら、うっとうしくなるのかな。困っちゃうよな。人間同士が、会わなくなって連絡だけしあってる社会だよ。いったい、便利さを追求していくことで、何が豊かになるんだろうね。不思議な方向に、社会は行ってるんだよ。

モジリアニが飢死《うえじに》し、ゴッホが自殺したって、それはコンピュータのせいじゃない。

だけど、電子工学がいくら発達したって、不可逆性に欠けているから、果てしなき前進を続けるほかはない。昨日、シリコンは三千円もしたくせに、今日のシリコンが出現すれば、0《ゼロ》にしかならなくなる。ハイテクノロジーによって表出された美術《アート》に、デカダンスがないのはそのためさ。便利さの追求、進歩がすべてという強迫観念から生まれた技術では、モジリアニやゴッホの作品を真似《まね》することはできても、生み出すことはできない。近づける技術競争がまだまだ続くんだろうな。人間同士、会えるなら会った方がいい。電話をパソコンを使うために使うことが目的化したら、きっと、奇妙な社会だけが残るよ。だからさ、せめて手紙を書こうよ。自分で見つけた表現で、言葉で。できるだけ安定した自分の字で、手紙を書こうよ。

たまには、いいだろう。

なっ。

破壊された人間のエピソード

心が眠りたいのに
肉体がさめている

肉体は眠ろうとしているのに
神経がその棘をつき出している
こういうときはウイスキーを水で割って

すこしずつ水で割って
まるで毒を飲むように飲んだものだが

毒は血液の細い河を旅するのだ
一連十四行の旅の詩を

読んだことがあった
酔いどれ船というフランス近代詩の翻訳だったが
ぼくらの日本語もずいぶん旅をしたものだ
ぼくらはその日本語で造られたおかげで
どんな旅をしたのだろう

近代日本語はたしかに旅をしたが
その言葉によって造られた人間は
どんな地平線と水平線を見たというのだろう
ぼくらが連れだされた世界は
死者と死語と廃墟にみちていて

死んだふりをしている人間さえいない
肉体とは不思議なものだ
インドのベナレスからカルカッタ行の夜汽車に乗った
冷房装置のついている客車で
ウイスキーを飲んでいると
裸足の車掌が
おそるおそるチョコレート色の顔を出した
「ウイスキーを少しいただけないでしょうか」
手には大きなコップを持っている
悪夢のようなインドの夜のなかで新しい悪夢を見るために
この車掌には寝酒がいるのだろうか

ベナレスでは

火と土と水と空気のなかを旋回しながら
人間が天に帰って行くインド人の旅を
見た
そのガンジス河の河口の一つ
カルカッタというヒマラヤの神々の汚物でできている
大都会にたどりついたら

ぼくは怖しい話を聞いた　夜汽車を狙う
集団強盗が出没していて乗客から
金や宝石を奪いとると
ピストルを面白がって撃つそうだ
ピストルを撃つ
弾丸が獲物の肉体を貫通する
肉体に穴があいて

赤い血が噴出する
獲物が悲鳴をあげる

それが面白くてしようがないのさ
人間が獲物に変身することだって痛快なんだ
あの夜汽車の車掌がウイスキーをもらいにきた意味がやっとわかってきたぞ

ウイスキーにしようか
ジンにしようか
ジンは孤独な酒だというから
一人旅ならジンがいいかもしれない
ぼくらの旅は
荒廃の国からはじまって荒廃の国へ
帰って行くのだから

夜汽車の車掌が悪夢を見ないために新しい悪夢を見る
ウイスキーのほうがよさそうだ

電話のベルが鳴り
長い長いサナダ虫のような電話線で
人間は
人間の言葉で
喋っているが

おたがいに理解しあったためしがないじゃないか
誤解に誤解をかさねて
ぼくらは暗黒の世界から生れ
暗黒の世界へ帰って行くのさ
一条の光り

その光りの極小の世界で
歩きつづけている
ぼくらの
奇妙で
滑稽で
盲目の
旅の
エピソード

第九話　おばけ

心理的ゲームだよ、占いは

前にも言ったと思うけど、女性は本能的に化けているからな。おばけといえば、女とくるわけだ。許せよ。

女の人は、ところで、占いが好きだな。理性を越えた判断が占いなわけだけど、おばけが理性を越えたものを好むのも当然かもしれないな（笑）。おい、このぐらいのユーモアで怒るなよ。現代女性たる者、このぐらいは笑いとばしてくれなくちゃ。

占いはさ、心理的ゲームとわりきれば、ひとつの立派なエンターテインメントさ。永井荷風なんか、おみくじ引いて凶が出ると、吉が出るまで引き続けたっていうんだから。まあ、確率からすれば、五回も引けば吉が出るんだがな。面白いだろう、想像してごらんよ、あの荷風散人《さんじん》がムキになっておみくじを引き続けている様《さま》を。横には娼婦《しょうふ》があきれ顔で空を見上げている。境内《けいだい》には駆け回る鼻タレ小僧たちの声が響く――。なかなか愉快な眺めだ。

ぼくは、高島易で遊ぶんだ。毎年十二月になると、一冊買ってくる。それで、友人たちの来年の運勢をチェックするんだ。六白金星だからどうしたこうした、ってね。これがなかなか当たらない。当たらないんだけど、たまに当たることもある。不幸なことがね、たまに当たる。そこでぼくは、大いに快哉《かいさい》を叫ぶ。

いやな老人だね、ぼくも（笑）。

人間の方が怖い

実は、季節はずれの十二月なのに〝おばけ〟をテーマにしたのには理由があるんだ。今月、ぼくが翻訳をした『夜明けのヴァンパイア』（アン・ライスハヤカワ文庫）が映画公開されるんだよ。映画のタイトルは『インタビユー・ウィズ・ヴァンパイア』。主演はあのトム・クルーズ。頼むよ、原作も読んでおくれよ。

ヴァンパイアもそうだけど、人間は目に見えないものを畏《おそ》れ信じていたんだ。灯《あか》りひとつない夜の山を目の前にすれば、そこに神がいると思うのもうなずける。月の明かりだけが照らす海の波の音に、何らかのメッセージを漁師が読みとったとしても不思議じゃない。

おばけ、もそのひとつだな。目に見えないから想像力が働き、恐怖と同時に畏怖心《いふしん》すらもっていたわけだ。沈黙の暗闇の産物なんだ、おばけは。

ところが、どうだい。二十世紀。

夜も明るくなっちゃって。昼夜間違って虫が街を飛ぶ時代さ。夜の想像力もすっかり弱くなったよな。芸術の衰退の一因は、明るすぎる夜にあるのかもしれない。その意味じゃ、エジソンが人間の世界を小さくしたわけさ。電燈が灯《とも》った街にはおばけは住めなくなった。想像世界はどんどん消えていっ

た。そして今は、核とコンピュータだな。情報による操作で人間が右往左往
しているわけさ。情報というおばけに管理されてな。
だから、昔のおばけが今の社会を見たら、きっとこう呟《つぶや》くぞ。
「人間社会の方が怖いや」ってな。
そして、逃げていってしまうのさ。
いやはや、困った世の中だ。
なっ。

木

木は黙っているから好きだ
木は歩いたり走ったりしないから好きだ
木は愛とか正義とかわめかないから好きだ

ほんとうにそうか
ほんとうにそうなのか

見る人が見たら
木は囁いているのだ　ゆったりと静かな声で

木は歩いているのだ　空にむかって
木は稲妻のごとく走っているのだ　地の下へ
木はたしかにわめかないが
木は
愛そのものだ　それでなかったら小鳥が飛んできて
枝にとまるはずがない
正義そのものだ　それでなかったら地下水を根から吸いあげて
空にかえすはずがない

若木
老樹

ひとつとして同じ木がない
ひとつとして同じ星の光りのなかで

目ざめている木はない

木

ぼくはきみのことが大好きだ

第十話　健康

欲ばるな、健康のためには

何をもって健康とするか？

そもそも、この問題が難しいんだよな。なぜなら、健康というのは比較級の世界だから。誰かと比べて顔色が悪いとか、いつもと比べて具合が悪いとか言って病院へ行くだろう。何かと比べて健康を考える。つまり、健康は絶対的なものじゃないんだ。だからさ、健康雑誌の新聞広告をまとめて見てごらんよ。誰だって自分も病気なんじゃねえかと思えてくるよな。健康雑誌を読んで病気になりましたじゃ、間抜けだよ。脅迫に負けちゃうよ。特に、ぼくみたいな老人には骨身にこたえるよ。

まあ、この歳《とし》まで生きてきて言えるのは……。健康のためには、まず、あまり金持ちにはならないこと。もうちょっと欲しい、そのぐらいが丁度《ちょうど》いいんだよ。そして、あまり貧乏にはならぬこと。他人《ひと》に迷惑をかけないぐらいが丁度いい。要は、単純な生活さ。過剰も過少も避ける。欲ばれば、健康は遠のいていく。

もしも若い頃、ぼくにもっと金があったら間違いなく死んでたね。青春時代の仲間はみんな先に死んで、ぼくは猫といっしょに縁側でウトウトしながら偲《しの》んだりするけど、金があったらぼくが一番先に逝《い》ってたね。絶対だよ。過剰な金が、ぼくの健康には最悪なのさ。

水平と垂直の交点

ところで、健康と寿命は別のカテゴリーだからな。勘違いするなよ。寿命は、神様の領域。人間の趣味が入り込む余地はないんだ。五十歳まで全力で仕事をしてポックリ死んじゃう人もいれば、ぼんやりと百歳まで生きる人もいる。どっちが幸福か？　そんなのは自分で決めるしかない。長いから幸福とは限らないだろう？　神様の領域は、ぼくらには結論が出せないのさ。

ところが、今の世の中は数値社会だから、すぐに数値化して相対化して善《よ》し悪《あ》しを決めるだろう。わかりやすいから、とりあえず安心できるから——偏差値が求められる背景も、そこにある。つまり、みんなが水平的価値に一喜一憂しているのが、今の日本の姿というわけさ。誰かが設定した目盛りが並ぶ、どこまでも水平の定規を眺《なが》めながら、ひとつでも高い数値へと血眼《ちまなこ》になっている。〝長生き〟が幸福とは限らないと知りつつも、生きていく基準が水平的価値しかないから必死になっちゃうんだ。〝長生き〟の所に、「有名大学」「出世」「結婚」……あててみてごらん。社会の多くの問題が簡単に解決しないのは、みんな頭ではわかっているけど、水平的価値の平明さにどうしても引きずられるからさ。

たしかに水平的価値は大事だよ。だけどな、ぼくは垂直的価値と呼んでるんだけど、もう一方で自分だけの絶対的価値を探さなけりゃつまらないじゃないか。垂直的とは、天と地とを結ぶこと。つまり、生まれて死ぬことさ。そこに価値を見つけなかったら、何のために生まれてきたんだか。困っちゃうよな。

だからさ、水平的価値と垂直的価値の交点を、自分なりに見つけることをおすすめしておくよ。その交点をちゃんともっていれば、何のために自分は健康でいたいのか、はっきりしてくる。単なる比較級の健康ではなくなるし、哀《かな》しい長生き競争に参加しなくても平気でいられるのさ。

ある禅宗の偉い坊様の言葉に、「死は背後から襲いかかってくる」という意味の至言《しげん》があるけど、ぼく流に解釈すれば、ぼくら人間は性的エネルギーによってこの世に生をうけるのと同時に、死もまた、ぼくらの体内に芽ばえる。ぼくらの生は、いろんな変容を重ねながら成長する。死も成長していく。

そして。小さな生には、小さな死。大きな生には、大きな死が訪れる。それは、神様が決めた寿命の瞬間かもしれない。

だけど、あなたは元気でいてくださいよ。ぼくも、当分はボケずに交点に立っているからさ。

なっ。

言葉のない世界

1

言葉のない世界は真昼の球体だ
おれは垂直的人間

言葉のない世界は正午の詩の世界だ
おれは水平的人間にとどまることはできない

2

言葉のない世界を発見するのだ　言葉をつかって
真昼の球体を　正午の詩を
おれは垂直的人間
おれは水平的人間にとどまるわけにはいかない

3

六月の真昼
陽はおれの頭上に
おれは岩のおおきな群れのなかにいた
そのとき
岩は死骸
ある活火山の

大爆発の
エネルギーの
熔岩の死骸

なぜそのとき
あらゆる諸型態はエネルギーの死骸なのか
なぜそのとき
あらゆる色彩とリズムはエネルギーの死骸なのか
一羽の鳥
たとえば大鷲は
あのゆるやかな旋回のうちに
観察するが批評しない
なぜそのとき
エネルギーの諸型態を観察だけしかしないのか

なぜそのとき
あらゆる色彩とリズムを批評しようとしないのか
岩は死骸
おれは牛乳をのみ
擲弾兵のようにパンをかじつた

4

おお
白熱の流動そのものが流動性をこばみ
愛と恐怖で形象化されない
冷却しきつた焔の形象
死にたえたエネルギーの諸形態

5

鳥の目は邪悪そのもの
彼は観察し批評しない
鳥の舌は邪悪そのもの
彼は嚥下し批評しない

6

するどく裂けたホシガラスの舌を見よ
異神の槍のようなアカゲラの舌を見よ
彫刻ナイフのようなヤマシギの舌を見よ
しなやかな凶器　トラツグミの舌を見よ
彼は観察し批評しない

彼は嚥下し批評しない

7

おれは
冥王星のようなつめたい道をおりていつた
小屋まで十三キロの道をおりていつた
熔岩のながれにそつて
死と生殖の道を
いまだかつて見たこともないような大きな引き潮の道を
おれは擲弾兵
あるいは
おれは難破した水夫
あるいは

おれは鳥の目
おれはフクローの舌

8

おれはめしいた目で観察する
おれはめしいた目をひらいて落下する
おれは舌をたらして樹皮を破壊する
おれは舌をたらすが愛や正義を愛撫するためでない
おれの舌にはえている銛のような刺は恐怖と飢餓をいやすためでない

9

死と生殖の道は
小動物と昆虫の道
喊声をあげてとび去る蜜蜂の群れ

待ちぶせている千の針　万の針
批評も反批評も
意味の意味も
批評の批評もない道
空虚な建設も卑小な希望もない道
暗喩も象徴も想像力もまつたく無用の道
あるものは破壊と繁殖だ
あるものは再創造と断片だ
あるものは断片と断片のなかの断片だ
あるものは破片と破片のなかの破片だ
あるものは巨大な地模様のなかの地模様
つめたい六月の直喩の道
朱色の肺臓から派出する気嚢
氷嚢のような気嚢が骨の髄まで空気を充満せしめ

鳥はとぶ
鳥は鳥のなかでとぶ

10

鳥の目は邪悪そのもの
鳥の舌は邪悪そのもの
彼は破壊するが建設しない
彼は再創造するが創造しない
彼は断片　断片のなかの断片
彼には気嚢はあるが空虚な心はない
彼の目と舌は邪悪そのものだが彼は邪悪ではない
燃えろ　鳥
燃えろ　鳥　あらゆる鳥
燃えろ　鳥　小動物　あらゆる小動物

燃えろ　死と生殖
燃えろ　死と生殖の道
燃えろ

11

冥王星のようなひえきつた六月
冥王星のようなひえきつた道
死と生殖の道を
おれはかけおりる
おれは漂流する
おれはとぶ

おれは擲弾兵
しかもおれは勇敢な敵だ

おれは難破した水夫
しかしおれは引き潮だ
おれは鳥
しかもおれは目のつぶれた猟師
おれは猟師
おれは敵
おれは勇敢な敵

12

おれは
日没とともに小屋にたどりつくだろう
背のひくいやせた灌木林がおおきな森にかわり
熔岩のながれも太陽も引き潮も
おれのちいさな夢にさえぎられるだろう

おれはいつぱいのにがい水をのむだろう
毒をのむようにしずかにのむだろう
おれは目をとじてまたひらくだろう
おれはウィスキーを水でわるだろう

13

おれは小屋にかえらない
ウィスキーを水でわるように
言葉を意味でわるわけにはいかない

第十一話　欲

「無欲」ほどの欲はない

欲のない人なんていないんだよ。違う言葉で表現される「願望」も「夢」も、欲なんだから。人は生まれながら〝欲望という名の電車〟に乗ってるってわけさ。欲なしでは生きていけないんだな。そして、この電車はいつも混雑してるんだ（笑）。美人になりたい、有名な会社に入りたい、ウエストをもう五センチ細くしたい、外国に行きたい、素敵《すてき》な男性とつきあいたい、年収をあと百万円増やしたい……どうだい、一人の女性の胸の内だけでも次から次へと欲が湧《わ》いてくるだろう。だからさ、この電車はいつも満員でギュウギュウなんだよ。ぼくみたいな老人なんて、うっかりすると、はじき飛ばされて電車から落っこちそうさ（笑）。

だけどまだ、この田村の隆ちゃんも電車から降りるわけにはいかないんだよ。竜宮城に行って、乙姫さんたちと楽しくやって玉手箱をもち帰らないと死ねないよ。

テレビや雑誌のインタビューで、よく「無欲」を口にする人がいるけど、あれほどすごい嘘《うそ》もないよな。たとえば、スポーツ選手の勝利に無欲の勝利なんてないんだよ。無欲の人間が競技場に立ったりしない。そんな人間は、はじめから戦いの場には来ないだろう。

人がやってることには欲がある。まあ逆説的に言えば、「無欲」ほどの欲はない、ってことさ。

日本人の欲の行方《ゆくえ》

ところで、日本人の欲はそんなに強くない、とぼくは思ってるんだ。

農耕社会で培われた集団的習性が、異端者が出にくい風土をつくったんだ

よな、簡単に言えば。その典型が村社会さ。田植えの作業のひとつひとつか
らすべて管理されてる。無視したら村八分。今の企業社会はその流れのまま
だよな。ほんと、管理されるのが好きなんだよ。
だから、日本人の欲は集団で、みんなが向かう方向に集中化するんだな。
ワンパターン化しやすいんだよ。結果、欲の対象がすぐブランド化してしま
うわけさ。なんだったっけ、あれ、ルイ……。そうそう、ルイ・ヴィトン。
誰かが褒《ほ》めれば、みんなルイ・ヴィトン。集団化された欲と同一化しようと
しちゃうんだな、自分の欲を。
ティラミス、ナタ・デ・ココ……。
そろそろ、日本人の欲ももう少し個性化しないと。もう少し自分なりの欲
を大切にしてくださいよ。バブル景気の頃も、多くの国民が土地やマンショ
ンや株に手をそめたんだ。銀行も当時の大蔵省も悪いけど、手をそめた人は
自分が欲に走ったことを肝《きも》に銘じて考えるべきだ。あおられた欲には気をつ
けようと。だって、己の欲まで他人の真似《まね》することはないだろう。

日本は主権在民だ。だからこそ、民の質が大事なんだ。そして、問題なんだ。民の欲が管理を望むようじゃ困っちゃうからな。官僚や行政批判すら本腰でできないままさ。日本という国が、今より上質の国になるためにも、民が大きな欲を、夢をもってほしいんだ。

ダイエットもいいけど、そんな欲もひとつ、頼むよ。

そっちの方の電車は、きっとまだ空席が多いと思うから。まず、あなたから腰をおろしてみてくれないか。

なっ。

老年の愉しみ

あと十年もすれば
ぼくの脚は硬直するだろう
ジョッギングは嫌い
ゴルフは大嫌い
目はかすみ
耳は遠くなり
歯は抜けおちる
頭は
アルコール性疾患で

美しい思い出も邪悪な想像力も消失するだろう
舌だけは残っている

第十二話　バカ

遠近法がわかる人

バカがバカについて語るのかい（笑）。まあいいや、始めるぞ。

バカには三種類ある。

大中小の三種類だ。

まずは大バカ。これは相当に偉いやつだよ。俗世間では滅多《めった》にお目にかかれない御仁《ごじん》さ。常識を越えているから、こちらはその言動を解釈できない。解釈できないから、理解もできない。おそらく、常識がいかがわしい代物《しろもの》であることを見抜いているからなんだろうな。だからよく、立派な坊さんを〝大愚《たいぐ》〟と呼ぶんだよ。大いなる愚だ。好きだね、大愚良寛。

それから、小バカ。これも、ぼくは好きなんだ。本質的に純粋なバカ

（笑）。ピュアなんだよ、悪気がないんだよ。だから許せる。周りにいる人間の目尻に皺《しわ》を運んでくれる。困るのが中バカさ。自分が利口《りこう》だと思っているやつに多いんだ。半端な知識と常識を前提にして振る舞う。これがいちばん厄介《やっかい》さ。人にも迷惑をかけるんだ。好きになれないよな、こういうのは。ところで。

利口にも三種類あるんだぜ。同じく大中小。小利口、これは目先の損得ばかり追っかけるんだ。志よりも、目の前の百円玉に心が動く。今日は得してみせるけど、長い目で見れば自分の計画も夢もどこかに落としてきた人生を送ってしまう。男性でよくいるだろう、定年間際になって悩んでしまう人。「自分は何のために頑張ってきたんだ」目先の得のために頑張ってきたんだよ、きっと。だから、仕事以外の目先の得が見つかれば、彼らはすぐに立ち直るのさ。見事な小利口人生。まあ、今の言葉で言えば、せこいやつだ。

それから中利口。これは、やはり中途半端。利口だったら、大利口になってほしいんだよ。

遠近法がわかる人。いいかい、これが大利口。いつも地平線や水平線を見ながらも、同時に自分の身近なところが見えている人さ。核に管理された地球の行く末を黙して眺《なが》めながら、庭の柿の木の新芽に歓《よろこ》ぶ。『源氏物語』を読んで、浴室も水洗トイレもなかった平安朝のプレイボーイ光源氏のご苦労ぶりに目を細めながら、生理用品の広告に刮目《かつもく》する――いわば、複眼レンズをもった人だな。遠くも近くも両方見えて、本当のお利口さん。近くだけなら、小利口の日々だ。

四月一日は、万愚節《ばんぐせつ》

だけどさ、人間バカだ利口だと言ったって、実は大差ないよな。そうだろ、人類は何千年何万年バカなことをやってきたのさ。猫は猫を殺さない。馬は馬を殺したりしないだろう。でも、人は人を殺し続けてきた。昔も今も、変わったのは武器だけさ。新聞をひらいてごらん。テレビのスイッチを押してごらん。今日も、どこかで人間同士だけが殺しあっているんだぜ。まるで、朝、太陽が昇り、夕、沈むように、人は人を当然のように殺し続けることを止《や》めない。要するに、人間そのものが、最も愚かな存在なんだよ。エイプリル《April》・フール《fool》って言葉があるけど、これを日本語に訳すとね、万愚節というんだ。一万、二万と萬《よろず》もあって仕様がない人間の愚かさを再認識するお祭りが起源なんだよな。一年に一回は、せめて一年に一日ぐらいは、自分たち人間がいかに愚かな存在であるかということを悟ろうとしたわけさ。なかなか味わいのあるお祭りなんだよ、エイプリル・フールは。

　単に、嘘《うそ》つきあって笑ってたってしょうがねえだろう。今度の四月一日からは、ぜひ、あなたも己の愚かさを認識するようにしてくださいな。嘘なら毎日つけるんだから（笑）。

　まとめるぞ。

人類そのものが愚かなものだと自覚できる人が利口。できない人がバカ。

以上が、ぼくの愚説でございます。だけど、ちょっといいだろう。なっ。

装飾画の秘密

猫は一瞬のうちに猫になるが
人間はそうはいかない
光の部分と影の部分でできているからだ

女性が女性になるためには
軽快なリズムと多彩の色調で
縁どられた時間がいる

神の眼から見れば

猫も人間もおなじ時間のなかで
生きているのだが

画家の眼から見たら
人間は物と交感することで人間になるのだ
とくに女性は装飾のなかで

装飾は流行ではない
装飾には内的な持続があり　その時間が
女性に生命をあたえるとしか思えない

まだ　だれも
猫の足音を聞いたものはいない

第十三話　外国語

その言葉で暮らす

二十六歳ぐらいの娘さんがいた。

これが、無類の外国人好き。なかでも白人が好きでな。ある大学で事務のバイトをしてたんだけど、そこにフィンランドからの短期留学生が現れた。その名はヤルモ。話では、いたく聡明《そうめい》な顔立ちの男だったらしい。当然ながら、彼女は積極的にアプローチした。サービスもした。効《こう》を奏《そう》して二人は仲良くなった。北欧の二枚目ヤルモは、彼女から借金したりしてな。円高だから、何かと大変だったんだろ。だけど、彼は留学期間が終わるとさっさとフィンランドに帰っちゃった。おいおい、だよな。ヤルモも一応はエリートだから、帰国後、その娘さんに借りたお金とダイヤモンドを送ってきたんだって。そして、この恋は終わってしまった。

ただし、この娘さんは尾を引いたりしなかった。めそめそしていない。そんな暇はない。電光石火、今度はニュー・キャッスルからやってきた男性に惚《ほ》れちゃうんだ。彼の名前は知らないけど、とにかく日本のメーカーがつくった現地法人の社員らしい。そこから研修で派遣されて、日本の大学に来たというわけ。

彼女は偉いよ。同じ轍《てつ》は踏まなかった。

彼について英国まで行っちゃったんだよ、たどたどしい英語しか話せない彼女が。ニュー・キャッスルで式を挙げて、めでたく白人とご結婚だ。外国人好きも、ここまでやれば大したものさ。そうだろう。初志《しょし》貫徹《かんてつ》、見事な執念だよ。

それから、三年。三年という月日がたって彼女はどうしたか？

別れて帰ってきたんだよ、日本に。別れのかわりに英語をマスターして、帰国したんだ。

いいかい、外国語とはこういうものなんだ。わかるかい、この娘さんの身の上話の意味が?

外国語をマスターしたかったら、その国で暮らすことさ。三年もあれば充分。すると、嫌でもその国の言葉で考えて生活せざるをえなくなる。最初はわからないよ。無理な話だよ。だから、まずはそれでも構わない。その国で手にした本のある一ページに横たわる湿気、海から吹いてくる夕暮れの風、鼻腔《びこう》の奥をくすぐる空気を感じていればいいんだ。日本とは違う何かを感じるところから異国の暮らしは始まるんだから。そのうち、気がつけば、その国の言葉で暮らしているよ。

そうやって異国のその言葉が自分のものになってくると、自然と、その言葉を話す人々の思考や性格が理解できるようになるわな。ぼうっとしていた輪郭《りんかく》が、くっきりとした線になってくる。それはたいへん良いことだけど、結果、彼女のように亭主に興醒《きょうざ》めしちゃうケースも多いんだ。相手の実体がわかるほど、自分がいかに勘違いしてたか悟《さと》るってわけさ。自分の愚かさをも自覚しちゃうのさ。

つまり、彼女は。

外国語を本当に身につけたその日、亭主との別離を決めたんだ。

皮肉だよな。

土台は、母国語

ところで、日本語。

ぼくらが使う日本語は、学校に行って習ったものじゃない。たまたま日本列島に生まれた途端《とたん》、ぼくらは日本語に囲まれちゃってるんだ。産みの親、育ての親、兄、姉、近所のおばさん、おじさん……。とにかく、耳から音が入ってきて覚えちゃうんだ。ぼくらはこの世に産み出されたとき、すでに母国語の海に漂流しているのさ。だから、日本語はぼくらの母国語になった。いわば、強制的に日本語が身についてしまった。

そして小学校に入る頃になると、〝ハナ〟が花であること、〝ヒト〟が人という文字で表現されることを知る。その後も教育課程を踏みながら、日本語が社会化されていく。つまり、自分の日本語を社会の表層で通用するテクニカル・タームとしていくプロセスが、小学校から始まる学生時代なんだ。言葉は身近なところから輪をひろげ、ひろげられた輪によって重層化され、ついには母国語の海から浮上しようとする。そこには外国語の空があるのかもしれない。

だからね、外国語を身につける習うと言ったって、土台は母国語なんだよ。日本という風土で生まれ育ち生活することで、日本語という言葉、母国語がぼくらの中に内在化されているんだ。ここを理解してスタートしなけりゃ、外国語も活きてこないんだ。大別したとき、言葉がもつ二つの機能。一つは伝達する機能、もう一つは感情を喚起《かんき》する機能だけど、外国語は主に前者の目的のために習得される。しかし、母国語は二つの機能とも果たしてくれる。喚起された感情が伝達されたとき、ぼくらは言葉の機能に感謝するだろう。

だから、まずは母国語を身につけておくことが、結局はマスターした外国語を有益《ゆうえき》なものにする近道なんだ。いいかい、母国語の海を馬鹿《ばか》にするなよ。無下《むげ》に扱うなよ、汚すなよ。だってそうだろう。海にも母国語にも、母がついて回るんだから。

ハワイの日系人

最近の若い女性は、よく外国語を勉強している。ヒアリング力なんて驚くほど優秀だ。だけど、発音はなかなか上達しない。なぜか？　口の構造とか筋肉の動きなんかが違うんだよ、そもそも。フランス語が母国語の人は、フランス語を話す口になっている。イタリア語が母国語の人はイタリア語を話す口になっている。ぼくらは、だから、日本語の口なんだ。

そこで、ハワイ。

興味深いんだよ、日系の方々。一世の方が話すだろう。見事な日本語、昔の日本語を、広島弁と和歌山弁が多いけど、流暢《りゅうちょう》に話す。アメリカ語は下手だけど、日本語は素晴らしい。日本語が母国語であることを、肉体も感情も証明している。これが二世になると、アメリカ語は上手い。だけど、顔面の筋肉から声帯にかけては、日本語を記憶している。覚えているんだ。一世の子供たちだからね、産まれ落ちたとき聞いた言葉は日本語だったはずさ。幼児期以降も、家庭の内外で二カ国語を使い分けてたんだろう。地図のとおり、アメリカと日本の間で、二つの母国語の海を漂流したんだろう。だから、二世の人というのは、日本語とアメリカ語に切り裂かれた感じがするんだよ。彼らはぼくと同じくらいの年齢なんだけど、第二次大戦のときも連合軍側で戦ったんだ。イタリア戦線あたりでね……辛《つら》いよな。

そして、三世。これは、もう完全にね、口から顔面の筋肉まで全部アメリカなんだ。アメリカ語を母国語とする日本人が、三世以降だ。もう日本語は母国語としてまったく影響を与えていない。

あなたの発音が上達しないのは無理もない。帰国子女の発音が見事なのは、歴史を抱えているからなんだ。

最後に。国際化。つまりインターナショナル《international》って声高《こわだか》に言われるけれど、ナショナ《nation》リティー《ality》がなくてインターナショナルなんてありえないんだよ。もしあるとすれば、そんなものは単なるファッションにしか過ぎない。

言葉も同じさ。日本語が豊かになって、はじめて外国語も豊かになるんだ。母国語というナショナリティーの充実が、豊かなインターナショナルを育《はぐく》むのさ。翻訳の出来、不出来は、まず日本語として豊かな表現になりえているかだ。単語の意味や構文の解釈だけに長《た》けていても、貧しい日本語しかない訳者からは面白い作品は届かない。だからさ、外国語を学ぶなら、まず母国語に豊かになること……。

ちょっとくどかったかい？　でもな、長く翻訳もやってきたからな、ついついムキになっちゃったよ。許しておくれよ。

なっ。

詩の計画

「ドイツからの手紙」という詩集がつくりたいんだ　それから
「アフリカのソネット」
五十才になったら着手したいね　だから
ドイツとアフリカに行かなくちゃ
ドイツには森を見に行く
アフリカには動物の足音を聞きに行く
人間の言葉を聞く必要がないんだから
ぼくは語学の勉強なんかしないよ

言葉以外のものを聞くために耳を訓練せよ
黒い土からはえて黒い土にかえって行くものを見るために
眼を訓練せよ
そして舌は
土でできている言語
土でできている人間を愛撫するために

第十四話　借金

借金の技術、あれ、これ

ぼくが敬愛してやまない内田百閒《ひやつけん》先生の説によれば——。

金持ちからは決して借金をするな。相手を喜ばせるだけだ。これほどつまらんことはない。金は貧乏人から借りるべし。爪に火をともすようにして貯《た》めた金をこそ、借りろっていうんだ。そうすれば、いやがうえにもその相手との「真の交歓《こうかん》」が生まれる（笑）。友情などの比ではないんだよ。さらに、百閒先生はこう続ける。できるならば、その貧乏人が借金した金を借りてみろ！　その時、君は「人生の怪人」と呼ばれるであろう（大笑）。どうだい、痛快だろう。

ぼくの借金に対する考え方は、ほとんどこの説と同じだね。その上で、長年にわたる借金生活にもとづいて付け加えるなら、借金には技術が必要である、という点だ。

まずは、借金は真っ先に切り出すべし。

金を借りるつもりで、知人と待ち合わせして会ったとする。「いや、久しぶり……」と相手がくる。ここ、ここを逃しちゃあいけない。「……元気だった?」なんて言わせてはいけない。相手の顔をしっかと見つめ、「実はお金に困っているんだ。一万円貸してもらえないかな」と言って頭を下げるんだよ。だってね、たらたら世間話なんかしててごらんよ、そのうち相手の口から「引っ越ししてさ……」とか、「子供が生まれるとね、何かとね……」なんて話が出てきちゃうんだ。そしたら、なっ。さすがにさ、金貸してくれとは言えないだろう。ぼくらは「人生の怪人」じゃないんだから。

それと。借金は値切られる——このことは覚えておいた方がいいぞ。一万円貸してくれと頼むと、七千円ならとくる。千円をと声をかければ、八百円ならなんとかなると返ってくる。不思議だけれど、大概《たいがい》はこうなる。ぼくの借金体験の中でも、余計に貸してくれたのは唯一人《ただ》だよ。金子光晴だけだな。その日も飲み過ぎて、気がついたら金がない。翌朝に用事があったから帰宅しなけりゃいけない。そこで、てくてくと金子邸まで歩いていって、玄関をコンコンさ。しばらく待つと、金子光晴ご本人が現れた。「クルマ代、五百円貸してください」と言ったら、黙ったまま八百円くれた……。四十年くらい前の話だけど、死んじゃったから、もう返せないんだよ。

健康な借金

借金はね、借りた方はしっかりと記憶しておくべきだ。そして、できるだけ早く返す。貸した人は、忘れること。あげちゃった、ぐらいに考えること。これが健康の秘訣《ひけつ》だよ。

三十歳の頃、江戸川乱歩先生に借りた十万円のこと、ぼくは忘れてませんよ（笑）。乱歩さんにはよくおごってもらったけど、戦後間もない頃、ある女性からもよく金を借りたんだ。

新橋駅近くに闇市《やみいち》があってね、そこでカストリを売ってたんだ。人工アルコールを水で薄めたひどい酒でね、目が潰《つぶ》れるなんて言われてたんだけど、とにかく酒はこれしか手に入らない。そこで、セコセコつまんない小説を書いていた女性から金を借りてさ、カストリを飲んでたんだ。この女性は新橋にあった大蔵省の外郭団体の職員でね、給料はぼくの勤務先よりはるかに良かった。ぼくが借金ばかりするんで、ある日「田村さんも転職したら」と彼女から声をかけられてな、それじゃ、って受けてみたら六十倍以上の競争率でさ。こりゃ駄目《だめ》だと思ったら、受かっちゃったんだよ。だけど、入社してみたらやる仕事がほとんどない。机の前に座ってボーっとするしかないんだ。ぼくの前に座っていた森鷗外の孫もボーっとしている（笑）。つまんないだろ。それで半年間で辞めたんだ。鷗外の孫も辞めた。紹介してくれた女性も辞めちゃった。その女性、その後もせっせと小説書いて、とうとう作家になったんだよ。それが、有吉佐和子だよ。

彼女も先に死んじゃったから、お金、返せないんだよ。困っちゃうよ。なっ。

春画

冬のあいだ
白隠の描いた達磨《だるま》の
巨大な眼　宇宙を思わせる無重力の世界で
ぼくは浮遊しつづけた
皮膚と骨　それに
心という厄介なものさえなかったら
もっと愉しく遊べただろう
節分をすぎたら

小さな庭の梅の木に花が咲いた
白梅　紅梅
ベッドにひっくりかえって本を読んでいたら
不思議な春画が迫ってきた
眺めているうちに性欲が減退してくるという
奇妙な春画
歌麿よりも栄之　清長を愛すという男の春画だが
白隠の描いた巨大な眼とはまったく対照的な目
眼球そのものがないのだ
まるで柳の細い葉のようなものが
目のありかを暗示するだけ
ぼくは無重力の世界から追放され
この世の波間にただようだけ

男は三十二歳　昭和三年に女房をつれて
日本脱出の計画をたてる
この男の「計画」は場あたりだが
パリへ行きたくても大阪までの汽車賃しかない
そこで　上野の美校の日本画科に半年ほどいただけだが
清長風の押し売り用の春画を描きまくって
長崎まで
モデルは大阪では胴長柳腰の日本女
長崎ではオランダの微風が目にささやいてくれるから
日本女でもバタ臭くなる　しかし目は
なかなか多彩な花を咲かせてくれる球根にはなってくれない
春画を売りつづけて　やっと上海まで
目は南画風だが多彩な色彩が生れる
女《ぜ》衒《げん》や主義者　一旗組の小商人がお得意だから

少しは金になっただろう　ひまな時は
苦力《クーリー》までやった
それから香港　シンガポール　まとまった金が入ったので
女房だけマルセイユ行の汽船に乗せることができた
男は男娼以外のあらゆる労働に従事しながら
東南アジアのゴム園で汗をながし　近代世界の原罪を
白色と有色のナショナリズムのエゴイズムを
一九三〇年代のヨーロッパの危機を
骨の髄まで体験する　それにつれて
春画のモデルも多様化せざるをえない
黒い人　白い人　黄色い人
男の放浪　血と汗の放浪は十年におよぶ
男は金子光晴という筆名で不朽の詩集『鮫』を刊行する
男の押し売りの春画がその詩集を支えてきたことを思うと

性欲が減退するのはあたりまえじゃないか
それにとってかわってわが魂は燃えて燃えて

アインシュタインよ　どうして
十六歳の美少女と恋愛しなかったのだ
彼女の陰毛の下に　核分裂と融合の
化学方程式を薔薇の形で刺青《いれずみ》にしておけば
二十世紀は灰にならずにすんだのに

第十五話　戦争

同期会には行かない

昭和十五年三月に東京府立三商を卒業して、ぼくはブラブラしてたんだ。両親には大学に進学するから予備校に行くと偽《いつわ》って、もっぱら新宿の喫茶店へ毎晩通う。そこでコーヒーを飲みながら年上の不良たち——当時は喫茶店に入るだけで不良のレッテルが貼られたんだ——から詩神《ミューズ》の所在を教えてもらった。夜がふけると、予備校の所在地は西洋居酒屋へと移る。先輩は次に、酒神のありがたさまでたたき込んでくれたよ。愉《たの》しい予備校だったけど、翌十六年の春、ぼくはあわてて明大の文芸科にとびこんだ。だんだん雲行きがおかしくなって、徴兵猶予《ちょうへいゆうよ》が唯一の目的だった。ほぼ無試験で入れた。だけど、講師陣は超一流。小林秀雄、中野好夫、阿部知二《ともじ》、舟橋聖一《ふなはしせいいち》、岸田國士《くにお》……。詩は、萩原朔太郎《さくたろう》が担当だった。

こうやって逃げても、結局は軍隊さ。十八年十二月の学徒動員《がくとどういん》で行くことになった。たしか十万人のうち、九万人は陸軍へ。ぼくは、海軍。桜島で訓練を受けて琵琶湖へ、そして天橋立《あまのはしだて》で終戦を迎えたけど、今でも同期会ってのがあるんだよ。ぼくは十四期。戦死率は八分の一だった。特攻隊員として亡くなった者もいたよ。ぼくは身長が高すぎて操縦席《そうじゅうせき》に乗れなかったから、助かったのかもしれない。

だけど、ぼくは、もう同期会には行かない。行きたくないよ。遺族の方に会うのが辛《つら》いじゃないか。しかも、こちらはどんどん齢《とし》をとって老いぼれていく。

遺族の方が持参された遺影を見てごらんよ。若い、二十歳を過ぎたばかりの頃一緒に厳しい訓練を受けた仲間の顔が、そこにあるんだ。どいつもハンサムなんだよ。美しいんだよ。嫌だね、同期会……。生き残った者だけが、己れの失ったものと醜さを確認しに行くようなものさ。

戦争か——やっぱり口が重くなるね。気が重くなるからな。

不戦決議に思う

世界史を見てごらん。歴史が認めた戦争だけで、いかに多くの戦争がくり返されてきたか。戦争史を書いた方が、変な文化人類学をやるよりも発見があるんじゃないか——なんて思えるほど、人類は戦争を続けてきたんだ。日本じゃ、戦争は異常事態。だけど、世界史的には、平和が異常なんだよ。旧ユーゴスラビア、中東……やってるよな。

ところが、どうだいこの国は。

不戦決議。国家として、武力による侵攻はしない。これは良いんだ。素晴らしい考えだし、できるだけ他国にもそうしてください、と日本は言えばいい。だけど、日本はまがりなりにも独立国だろ。攻められたときには、どうするんだい。やられっぱなしかい。国家としての正当防衛を放棄するのかい？

それじゃ、困るんだよ。ぼくは、困るんだ。

国が自国の正当な防衛を放棄するってことは、つまり、その国の個人の正当防衛も放棄することになるんだ。ぼくには財産も名誉もないけど、自分を守るためなら戦うぞ。脚の具合が悪い年寄りとはいえ、ぼくはぼくのために戦う。いいかい、平和ってのは、だから、辛いものなんだよ。

吉田健一、吉田茂元首相の息子で優れた評論家だった彼が、こんなことを言っている。

「戦前戦後の日本は、狂気の沙汰《さた》だった。けれど、戦中の日本は正気だった――」

勘違いされると困るから、彼のためにもちょっと解説しておくけど、こういうことさ。戦争中は少なくとも、日本の固有の文化のために戦う意志があった。固有の文化を守るために戦うのは、国家としても個人としても正気だろ。それを捨てて、欧米の文化の模倣《もほう》にはしるのは狂気。

わかったかな?

ところで、守るべき固有の文化は、今、この国にはあるのかい? 今度どなたか、ぼくに教えてくれないか。頼むよ。

なっ。

緑の思想

それは
血のリズムでもなければ
心の凍るような詩のリズムでもない

ある渦動状のもの
あまりにも流動的で不定形なもの
なにか本質的に邪悪なもの
全世界の日没を乱反射するはげしい光彩

成層圏よりももっと高い所から落ちてくる
魂の重力

だしぬけに窓がひらき
上半身を乗り出して人間がなにか叫ぶ
なにか叫ぶがその声はきこえない
あるいは
その声はきこえたのかもしれないが
だれひとりふりむくものはいない
あるいは
だれかがふりむいたのかもしれないが
耳を異常に病んでいる人間は少いものだ

この世界では
病むということは大きな特権だ
腐敗し分解し消滅するものの大きな特権だ
「この世界では」というが
海と都市と砂漠でできている世界のことか
それとも
肉と観念と精液でできている世界のことか
きみは人間を見たことがあるのか
愛撫したことがあるのか
二本の脚で直立し

多孔性の皮膚でおおわれた
熱性の腐敗性物質

「愛」と一言ささやいてみたまえ
人間はみるみるうちに溶解してしまうから
「正義」と一言叫んでみたまえ

一瞬のうちに消滅してしまうから
かれらを蒸発させてしまうのはわけもない
一片の憐憫の心さえあればいいのだから

だから
足音をしのばせて墓の上を歩くこともない
もう悪い夢を見ることもない

全世界は炎と灰だ
燃えている部分と燃えつきた部分だ
部分と部分の関係だ

部分のなかに全体がない
いくら部分をあつめても全体にはならない
部分と部分は一つの部分にすぎない

「時」が直線状にすすむものとばかり思っていた
「時」の進行は部分によってちがうのだ
部分と部分とによってちがうのだ

あらゆるものがまがっている

梨の木の枝
蛇の舌

水平に眠っているものはだれひとりいない
球状の寝台の夢はまがり
球状の運河を流れて行く死はまがり

妊婦の子宮はまがり
胎児はまがり
「時」はまがり

球体のなかにとじこめられている球体
たえまなく増殖したえまなく死滅する
緑色の球体

浮游しているが浮游しているのではない
人間は歩いているが歩いているのではない
落ちてくるが落ちてくるのではない

部分的にはそう見えるだけだ
部分的にはそう感じるだけだ
部分的には部分を知るだけだ

眼をつむればそれがよくわかる
眼でものを見るということはものを殺戮することだ
ものを破壊することだ

一度でいいから

人間以外の眼でものを見てみたい
ものを感じてみたい

「時」という盲目の彫刻家の手をかりずに
ものが見たい
空が見たい

感情移入はもうたくさんだ
傷ついた鳩への
頭を砕かれた蛇への

同時代の美しい死者への感情移入よりは
やわらかい胸毛におおわれた鳩になることだ
夏草の上をなめらかに這う蛇になることだ

土から生れ土にかえる死者になることだ
もし人間の子がはじめて二本の脚で立ち上り
裸体のまま戸口の敷居をまたぐなら

眼のなかを飛ぶもの
虹色の渚から暗緑色の空間にむかって飛ぶ
光りのようなもの

もし人間に眼があるなら
ほんとうにものが見える眼があるなら
球状の子午線から
球状の窓から

球形の人間がなにか叫んだとしても
ふりむかないほうがいい

第十六話　ボランティア

戦後が始まった

ぼくみたいな老人が外国へ行くだろう。たとえば、今年も秋に顔を出す英国の片田舎《かたいなか》。そこでバスに乗ってみる。すると、反射的に彼《か》の地の若者は席を立つんだ。反射的に「プリーズ」さ。それは見事なぐらい、自然な振る舞いなんだ。こちらも老人と思われたのが悔しいから、とりあえず「サンキュー」で済ませちゃうけど、感心してしまう。

ボランティアが身についてるんだな。一過性で他人にいいことしましょうじゃない。骨身にボランティアの精神が根づいてるんだ。

なぜか？

そもそも、ボランティアが成立するためにはコミュニティ、つまり確たる共同体が存在していることが前提として必要なんだ。Common Sense《コモンセンス》という言葉がある。常識、良識と訳されるけど、このSense がある部分で一致しないと、共同体は成立しない。物事の分別の基準、Sense が一致しなけりゃ、その社会はバラバラだからな。

今、日本のCommon Sense は何だろうか? あいまいで難しいかもしれないけど、少なくとも、コミュニティをつくる基盤ができつつあるとは思うんだ、ぼくは。

新しい共同体。

だから、戦後は始まったばかりだと思いこんだ方がいい。間違っても、五十年たったと思うなかれ!——五十年たったから良いんじゃない。新しい確たる共同体を成立させるために、真の戦後が今、始まっているんだよ。

その意味からするとさ、本当は、ぼくみたいな戦前・戦中派が早く消えることが近道なんだろうな。当然、戦前・戦中派にも良いところはある。だけど、そこにある基盤は、村であってコミュニティではないんだ。そこが変わらないと、ボランティアを定着させる共同体は育たないんだ。

消え去るのみ、だな。ぼくは。

サッチャーおばさんまで、さあ、四百年

いい共同体をもつためには、何が必要か？——賢い女性と充分な時間が不可欠なんだよ。いいかい、ぼくは声を大にして言いたい。

「女性にこそ賢くなってほしい」

勘違いしないでくれよ。頭がいいと賢いは違うんだ。頭がいい、とは知識があるとか、理解力があることを主に指す。賢さとは、人を育《はぐく》んでいくパワーだよ。自分の子供だけではなく、周りの人間を育てていく力。そういうパワーがないと、コミュニティはできないんだ。賢い女性が母になれば、いい子ができる。共同体の基礎、つまり躾《しつけ》を身につけさせていけば、個人が育つ。個人が育って社会を形成すれば、立派な共同体になるんだ。

サッチャーおばさん、英国元首相をごらんよ。雑貨屋の娘が〝鉄の女〟と称されるリーダーを全《まっと》うしてみせた。ああいう人物が日本に登場するためには、どうだろう、あと四百年から五百年はかかるだろうな。共同体には時間がかかるんだよ。だから神戸の震災でボランティア活動をした人たちがさ、地元にもどってもその精神をもち続けていただくことを、ぼくは望みたい。一貫性のないものはボランティアじゃない。

一過性ではなく、一貫性。脈々と流れる時間の中にその精神が根づくためにも、一気にやらなくていい。徐々にやっていけば、それが素晴らしい共同体を育て、この国にも自然なボランティアをもたらしてくれるから。

気軽に、気長に。

なっ。

四千の日と夜

一篇の詩が生れるためには、
われわれは殺さなければならない
多くのものを殺さなければならない
多くの愛するものを射殺し、暗殺し、毒殺するのだ

見よ、
四千の日と夜の空から
一羽の小鳥のふるえる舌がほしいばかりに、
四千の夜の沈黙と四千の日の逆光線を

われわれは射殺した

聴け、
雨のふるあらゆる都市、鎔鉱炉、
真夏の波止場と炭坑から
たったひとりの飢えた子供の涙がいるばかりに、
四千の日の愛と四千の夜の憐みを
われわれは暗殺した

記憶せよ、
われわれの眼に見えざるものを見、
われわれの耳に聴えざるものを聴く
一匹の野良犬の恐怖がほしいばかりに、
四千の夜の想像力と四千の日のつめたい記憶を

われわれは毒殺した

一篇の詩を生むためには、
われわれはいとしいものを殺さなければならない
これは死者を甦らせるただひとつの道であり、
われわれはその道を行かなければならない

第十七話　才能

仕立屋《したてや》銀次《ぎんじ》は、アーティスト

才能か……。

これぱかりは自分ではわからないんだよ。あるんだかないんだか、量ではかれないからな。だから、誰かに引き出してもらえたら、これはもうラッキーなんだ。そういう機会でもないと、いつまでも自分の才能に自信がもてない。逆に、とんでもない誰かに才能をことごとく潰《つぶ》されてしまうことも、ある。そうやって消えていった人を何人も、ぼくは知ってる。難しいんだよ、そのぐらい。才能を発見して伸ばすのは。至難《しなん》の行為なんだ。

だからこそ、ぼくは言いたいことがある。

小学校の先生には、高校教師の三倍の給料を払うべし――子供時代、つまり才能の芽が出てきて育ち始める時期だからこそ、優秀な人材が傍《かたわ》らにいる必要があるんだよ。

偏差値で選んで教育大に行った先生とか、公務員で安定してるからなんて理由でなった先生たちを払拭《ふっしょく》できるぞ。難関の高校で難関の受験教育を授けるのも大変だろうけど、才能の芽を発見するのはその比じゃない。当然、それにふさわしい高給で迎えるべきなんだ。そうすれば、発見された才能がいつか、国益《こくえき》をもたらしてくれる。三倍の給料なんて安いものさ。小学校の先生が超人気職業になれば、この国の未来も、少しは明るくなるよ。

ただし。

才能が育つには、中途半端にものがわかっていない方がいい。ひたすら無我夢中で対象に取り組むことこそが、才能を育てるポイントなんだよ。その意味からも、昔の徒弟《とてい》制は理にかなってた。子供の頃から基礎に十年かけ、技は師匠から盗んで自分のものにする。そのうち、自分ならではの仕事ができるようになる。その才能、余人をもって替え難しまでいけば、これはもうアーティストさ。立派なアーティストだよ。

戦前、仕立屋銀次というスリがいたんだ。世間に高名《こうみょう》を馳《は》せるほどの見事な腕前だ。内ポケットの財布から札だけ抜いちゃうんだから。そんな銀次に較《くら》べりゃ、最近のスリなんて素人《しろうと》だよ。今は素人の時代だからしようがないかもしれないけど、文化の質が下がったとも言えるよな。

すごみのある国、日本

才能が開花するまでには時間もかかるが、金もかかる。日本は、戦後民主主義のおかげでブルジョアがいなくなったから金もかけられないよな。だから、お稽古《けいこ》ごとを習うなら、お金のかかるものは止めなさい。音楽や舞踏なんて、お金がかかって仕方ないよ。そんなものは、土台、長続きしない。才能には時間も金も必要なんだから、そうなったら才能は永遠に花を咲かせずに終わっちゃうよ。

でもな、日本じゃ、能のないのがタレントなんて呼ばれてるだろう。これじゃ、才能は英訳不可能だ(笑)。訳せませんよ、恥ずかしくて。しかも、そのタレントに各政党が立候補を依頼して参議院選挙を戦うんだからな。相当にすごみがある国だよ、日本は……まったく。

まったく……。

なっ。

豚はヘソを隠す。違うな。能ある鷹は爪を隠す——そんな格言もあったな。まったく。

こちらの才能が枯れてきそうだよ、すごみにあたって。ただでさえ暑くて干上がりそうなのに、困っちゃうよ、この国は。

だからさ、仕立屋銀次に会いたいな。死ぬ前に、その腕前を見てみたいよ。スラれたところで、ぼくの財布にはお金が入ってないんだから(笑)。

見てみたい。その才能を。

なっ。

詩神

茂吉の *poesie* の神さまは
浅草の観音さまと鰻《うなぎ》の蒲焼

かれには定型という城壁があったから
雷門《かみなりもん》へ行きさえすればよかった

ぼくの神経質な神は
いつも不機嫌だ　火災保険もかけてない

小さな家と大きな沈黙

第十八話　同窓会

何かの偶然で同じ世代に生まれて

電車に乗ったとき、人は誰に興味をもつのか？　答えは簡単だよ。自分の同世代にしか、人は関心をもっていないんだ。年上でも年下でも、眼中にはない。君も思いあたるだろう。

ぼくだってそうだよ。

変な爺《じい》さんを見かけると、あいつは自分より上か下か、なんてことを気にしたりするわけだ。このどうでもいいような関心をストレートに集中させると、同窓会をやるしかないよな。

何かの偶然で同じ世代に生まれて、同じ時代に同じ環境に身をおいたんだから、同世代しか通じないものは確かにある。テレビが出現してからは、特に下の世代との共通項が見つからない。体験じゃなくて、知ってる知らないといったことが話題になってしまうからな。

〝異〟。異に対しては、何を語るにもいちいち解説が必要だろ。だから疲れる。ウンざりしちゃう。同世代となら、そんな時間もなく会話に夢中になれる。

だけど、ぼくは、基本的には同窓会には行かないようにしてる。だって、若い女性と喋《しゃべ》ってる方が楽しいからな（笑）。まあ、一度だけ行ったことがあるよ。五年前、高校時代の仲間と集まったんだ。鎌倉のテンプラ屋に七、八人で。

愉《たの》しかったよ。ぼくの友だちだからな、素頓狂《すっとんきょう》なやつらばかりで。二人はニトログリセリン片手に酒を飲んでる。十代の頃の面影《おもかげ》はあっても耳は遠くなっているやつもいる。そんな宴《うたげ》の合間《あいま》に、はたと見渡すと、一人いないんだ。どこに行ったのかな、なんて思っていたら、もともと来てなかった。亡くなって、端《はな》から来ていなかったんだよ。ぼくらの齢《とし》になると、これだから同窓会はよくない。一人、また一人って欠けていくんだからな。酒だってまずくなっちゃうんだよ。

昔は、美しい人

年齢とともに変化するのは、男より女だな。十七、十八歳の頃から水が出てくる。体の中に水が満ちていくんだ。だから、「水もしたたる佳《い》い女」という表現が残っているだろう。

ただし、ぼくの長い女性観察歴からすると、水があるのは九年間だ。昔は六年だった。したがって、お肌の曲がり角は二十五歳と言われたんだよ。まあ、今は食生活の向上もあって、九年の間は大丈夫だよ。内面の水が女性を瑞々《みずみず》しくしてくれる。

この時期が過ぎると、水の代わりにラードが出てくる（笑）。ラードだよ、ラード。ラードがどんどん付いていく。つまり、二十代も半ばを過ぎると、女性はラードとの戦いを延々とくり返すことになる。ラードが付きにくい人は、どうなるか？

水がなくなって、ラードも出ない。

だから。

骨だけになる。骨だけ（大笑）。

これはなかなかすごみがあるぞ。骨にはコンストラクション《construction》（構造）が残っているからな。若かりし頃の顔形は想像できるんだ。よく使う便利な台詞《せりふ》があるだろう。

「昔は、美しい人」

これだよ、これ。この台詞は骨だけになった女性のためにあるようなものだけど、当の本人は〝昔は〟のところは聞いちゃいない。だから、いつまでたっても〝美しい人〟でいられるんだ（笑）。都合《つごう》がいいんだよ、まったく。

でも、それはそれで幸福なことだよな。女性にはいつも元気でいてほしいからな。骨にちょっとだけラードが付いてさ、〝鳥の唐揚《からあ》げ〟みたいな女性が増えるより、世の中のためにはいいよ。
そうだろう。
なつ。

哀歌

奴隷だって歳をとる
いまじゃ
この世は老奴隷ばかり
ゴルフ　ジョギング　水泳
それも必死の形相で
アデランスをかぶって疾走する
中性脂肪　血糖値
二日酔まで数値ででてくる
お腹《なか》ばかりが妊婦なみ

頭のなかはカラッポで
コンピューターが働いてくれるってわけ
無人化工場の進出で
かえって奴隷の仕事は多様化された
生涯教育なんて笑わせるな
生涯奴隷のはじまりじゃないか
総入歯と総入歯がキスをして
愛をささやくなんて真っ平だ
いつまで生きるか分らない
いつまで生きるか分らない

そういえば
自然は芸術を模倣してくれなくなったっけ

第十九話　路地《ろじ》

タワーができたらその街は駄目になる

道で風景が変わるんだ。

東京オリンピックをきっかけに、東京は東京でなくなった。その東京を、ほかの街もまねて変わっていった。車に乗ってハイウェイを通っていると、東京がどんな街だったかわからなくなるよ。ぼくは、東京生まれの東京育ちだ。それでも、駄目だよ。ぼくが知っている風景が、そこにはもうないんだ。困っちゃうよ、まったく。「俺もボケちまった」なんて不安になって、そして寂しくなったりしてな。

まあ、タワーができたら、その街は駄目になると思えばいいよ。エッフェル塔のパリ。そして、東京。とどめは、京都だ。考えてもごらん、タワーがひとつ建つだろう。すると、周辺のあらゆる建造物は影響を受けざるをえない。区画整理も始まるだろう。こうして、あなたの街はあなたの街ではなくなっていくんだ。路地も消える。

戦争中、米軍だって爆撃しなかった京都や奈良や金沢を、日本人は自《みず》ら破壊しているんだ。それが、日本の都市化の歴史さ。

ぼくの生家があった東京の大塚は、昭和四、五年までは、まだ緑の武蔵野の面影《おもかげ》が残っていた。大塚は不思議な町でさ、花街《はなまち》と大学と女学校とが仲良く共存してるんだ。そして、芸者さんと大学生と女学生の庇護《ひご》神が天祖《てんそ》神社。境内《けいだい》には樹齢五百年の大イチョウの木が数本あったけど、地元の人は、なぜかテイソー《貞操》神社と真面目な顔をして発音してんだ。おかしな町なんだ。月の七の日がご縁日で、とりわけ夏の夜の細い参道には、二百以上の屋台やゴザに色とりどりの品物を並べた縁日商人が登場だ。各々が名調子の口上《こうじょう》を競いあって、浴衣《ゆかた》姿の老若男女を喜ばせるのさ。芸が路上に生きていたパフォーマンスの夏の夜。ぼくは小学二年生。あの路上の名人たち、浴衣姿の子供たちは、今、どこにいる？
だから、ぼくの故郷は、もうないんだよ。

自然の音がない
つまり、人がいない

路地は、露地とも書く。夜露が降りてきて、軒先《のきさき》の草木に水を与えてくれるんだ。露地栽培、なんて言葉もある。

つまり、そこには自然がある。たとえば夜中、虫の声が聞こえてくる。西洋人は、虫の声をあくまでも音《おと》として聞くけれど、日本人は違う。感情を移入して聞くよな。「こおろぎの悲しげな声」といった表現を、普通の人がする。そうすることで、日本人はいつも自然を身近なものとして暮らしてきたんだ。大昔からほんのつい最近まで、それが日本人の生活の本質でもあったんだよ。自然に恵まれ、見事な四季の中で生きてきたのが、日本人なんだから。

自然の音は、耳障りにはならない。人工的な音は、不自然な音は体にこたえる。不思議だあ、といつも思うよ。雨の音なんて、いいよな。雨音を聴く──こんな言い回しも残ってるぐらいだから、雨音は多くの日本人に染みてきたんだろうな。

だけど、東京には、都会には音がない。自然の音がない。アスファルトの道じゃ、人の足音も聞こえないだろ。つまり、自然の音がないということは、人がいない、ということの証なんだ。都会、その象徴としての東京にいる限り、人間はモノなんだろうな。人間の生活空間が狭《せば》められていって、最後はなくなると思うよ。

陽気な隆ちゃんも、嫌だけど、溜息《ためいき》がでちゃうよ。毎日、クルマのクラクションやサイレン音ばかり耳に入れてたら、この体はもたないよ。耐えられないよ。

何の変哲《へんてつ》も虚飾もない路地が、こんなに懐かしくいとしいなんて、ぼくらは本当に豊かなのかい？　なっ。

なっ？

1999

蟻の話をどこかで聞いた
蟻は働き者の象徴だと思いこんでいたのに
それがまったく違うのだ

たとえば
餌をせっせと運んでいるのは
十匹のうち
たった一匹で
あとの九匹は前後左右をウロウロしているだけ

さも忙しそうに
活力にあふれて
怠けているんだって

ぼくも蟻になりたくなった
九匹の蟻の仲間に入って
ときどき
観念的な叫び声をあげればいい

それに
もっと驚くべきことは
蟻の睡眠時間である
たった二時間だけ目をさましていて

たっぷり二十二時間眠りこけている
「1999」
という詩集が出してみたい
もしそれまでに生きていられたら
たっぷり十八年間　ぼくは
蟻のように眠っていて
黙々と餌を運びつづける一匹の蟻の
精神異常の診断書を書いてみたい
今日の仕事はこれで終り
では
おやすみ

第二十話　個室

機械と薬品と幸福

ハックスリーが、確か一九三二年に上梓《じょうし》した『すばらしい新世界』（講談社文庫）という小説。仮想のある国を描いた作品なんだけど、その国のスローガンがふるってる。ちょっと、いいんだ。

まず。

「機械と薬品と幸福」

子供はすべて母胎《ぼたい》から生まれることを禁じている。そう、試験管ベビー。エリート・非エリートといった階層別に分けて受精させ、育てる。この計画は完璧に遂行《すいこう》されていた。と、思っていたら二つのミスが発覚するんだ。

エリートコースの一人の赤ん坊の血液にアルコールが注入されていたんだ。

彼は成人したとき、頭脳は見事なエリートで肉体はブルーカラーという人物になっていた。すると、彼の言動は少しずつ周りのエリートたちとずれてしまうんだ。どうしても、ずれる。なぜだ？　なぜ、なぜ、なぜ、自分だけ違うんだ。彼は悩んだ、考えた。そして、彼には自意識が芽ばえた。

次。

エリートだけが集まって生きていると、いつの間にか超エリートがそこから誕生しちゃうんだよ。そのとき、彼は知性を知ったんだ。

わかるかい。自意識と知性だよ。舞台になっているある国は、実は、この二つを恐れていたんだ。つまり、本当の人間が誕生すること、存在することを回避しようとしていたんだな。そのために、「機械と薬品と幸福」だったんだ。

「機械と薬品と幸福」

どうだい、どこかの国のようじゃないか？　ハックスリーは、ナチスを想定して書いたようだけど、ところが、まるで、……なっ。

自立と孤立は違うんだから

そこで、個室だ。これは、日本人にとっては試験管と同じだよ、ベイビー（笑）。日本人は農耕民族だったから、元来、集団的作業が得意だよな。核家族になっても、心と血の中は大家族主義なんだ。名残《なごり》はそこかしこにある。結婚は根本的には個人的なものなのに、式場には〇〇家と▲▲家の結婚を知らせる看板が立つよな。隆一さんととも子さんの結婚式じゃないんだよ。看板どおり、家族同士が結ばれるわけだ。

その一方で、個室だ。慣れないよ、日本人には。個人の意味がわかっていない国で個室だけが増えていく。個室にガキが入る。そして、ガキはテレビゲームに夢中になる。言葉は、テレビから流れてくる一方的な情報だけ。会話が存在しない。

つまり、人間関係ができない。

そこには、何が残る？

孤立した子どもと会話も人間関係もできない孤立した大人が残るんだよ。それは絶対に自立じゃない。他者がわかって自分を知るように、会話も人間関係もできない者はただただそこに立ちつくすだけで、他者も自分のこともわからなくなる。当然、自立なんてできない。孤独と疎外は違う。そして、自立と孤立もまったく違うんだ。それなのに、子供の自立を促すために個室を与えるなんて……。ぼくの少し遠くなった耳には聞こえるんだよ。

「機械と薬品と幸福」

誰《だれ》かが、この国から人間を消そうとしているのかもしれないな。実は、『すばらしい新世界』の話は、二十年も前にＮＨＫで喋《しゃべ》ったんだ。ある国にならないように、と思ってね。だけど、ますますだよな、この国は。

自分の幸福ぐらい、偏差値に頼らずに考えないかい。自分の頭で、自分の幸福なんだから。

なっ。

きみと話がしたいのだ

木について
きみと話がしたい
それも大きな木について
話がしてみたい
どんな木だっていい　北米中西部の田舎町の
食卓やドアになるカシの木
群馬の山のなかのニレの木
武蔵野のケヤキの木
鎌倉のモチの木

どんなに生きる場所が変つてもぼくの世界には
大きな木がある

不定型の野原がひろがつていて
たつた一本だけ大きな木が立っている
そんな木のことをきみと話したい
孤立してはいるが孤独ではない木
ぼくらの目には見えない深いところに
生の源泉があつて
根は無数にわかれ原色にきらめく暗黒の世界から
乳白色の地下水をたえまなく吸いあげ
その大きな手で透明な樹液を養い
空と地を二等分に分割し
太陽と星と鳥と風を支配する大きな木

その木のことで
ぼくはきみと話がしたいのだ

どんなに孤独に見える孤独な木だつて
人間の孤独とはまつたく異質のものなのさ
たとえきみの目から水のようなものが流れたとしても
一本の木のように空と地を分割するわけにはいかないのだ

それで
ぼくは
きみと話がしたいのだ

第二十一話　鎌倉

かくして、文士、鎌倉に集う

ぼくが住む鎌倉には、近世がない。

一三三三年、北条氏が滅亡。横須賀の軍港に対応する鉄道が開通したのが、一八八九年。明治二十二年だ。つまり、中世から現代に一挙に移行したのが鎌倉なんだよ。近代化というのは、とどのつまり工業化のことだろう。だから、鎌倉には工業が発展しなかった。連鎖的に商業もだめ。

〝百年前の鎌倉〟と銘打《めいう》たれた写真を見たことがあるけれど、これが凄《すご》いんだよ。冒険ダン吉が住んでいるような家、驚くほど狭い旧東海道の道幅。仕方ないよな、車といえば大八車《だいはちぐるま》だ。二輪車だ。四輪車なんて概念はなかったんだから、昔の日本には。

まあ、そんな鎌倉も軍港と鉄道のおかげで仕事が生まれた。だけど、土地は安かった。川端康成夫妻が引っ越してくる。『山の音』の舞台になるほど静かな夜。少し歩けば海。そして、飽きるほどの寺、寺、寺。川端さんから話を聞いた作家たちは、こぞって鎌倉へ集まる。かくして、文士村鎌倉が生まれた。低い家賃の産物だな。なんせ戦前までは、小説家との結婚なんて、普通の家庭では考えられなかったんだから。安定した収入なんて無縁の世界だったからな。

まして、詩人なんて……。

鎌倉の慶應ボーイ

今や観光公害なんて言葉が出るほど、鎌倉は人だらけ。バブルが弾《はじ》けてからは、さらに増えている感じがするな。東京から近くて、低い山と海と寺があるからな。確かに、気分転換には良い。

でも、もともとが中世の町だから、のんびりしてるんだ。昔から、特に鎌倉で生まれ育ったのが、のんびりしてるんだよ。ぼくのよく行く飲み屋の仲間なんて、のんびりしすぎてどうしようもないんだよ。みんな、六十過ぎの慶應ボーイなんだけど、これが総崩れ。

就職は一回もしていない。女房に逃げられるなんて、ざらだよ。資産をもっている輩《やから》が多いんだけど、それ目当ての禿鷹《はげたか》みたいな奴《やつ》らが寄ってきて、そいつらにコロっと騙《だま》されるんだ。それも、何度もだ。嫁さん、娘さんが愛想を尽かすのも無理ないよ。

ある老慶應ボーイなんて、最高だよ。五十円、百円には誰《だれ》よりも厳しいくせに、一万円越えると、もう何が何だかわからなくなって騙される。愛用のカツラと頭皮の間に指入れて、突然ポリポリと掻《か》き始める。こちらがふっと目をやると、カツラがナポレオンの帽子みたいにずれてんだよ。見事なほど真横になったカツラをちょこんと頭にのせて、美味《うま》そうに新しい酒を飲んでるんだよ（笑）。

おかしいんだ。

のんびりしてるんだよ。

困っちゃうよな、こんな友だちばかりで。

あいつらも、「田村は困ったもんだ」なんて言ってるんだろう。だから、ぼくも負けずに言っておく。「鎌倉の慶應ボーイは困ったもんだ！」(笑)。こんなやりとり、何の意味もないよな。のんびりしてるんだ。何かしてないと夜が過ごせない寂しい男たちが、馬鹿話をして鎌倉の夜は更けるんだよ。

鎌倉の夜は早い。七時過ぎたら店も閉まる。観光客もいなくなる。だから、あなたが七十過ぎてお元気だったら、鎌倉へいらっしゃい。一人で、のんびりと。寺の本当の味わいと鎌倉ののゝゝゝんびりした良さが体でわかるから。きっと。

なっ。

足音

ぼくはまだ
猫の足音を聞いたことがない
桃色の耳の動きだけは知っているつもりだが

第二十二話　手紙

手紙の効能《こうのう》、二つは、確かにある

　手紙はね、手紙というぐらいだから手書きが良いんだよ。事務的な文書は、確かにワープロが便利だ、向いてるよ。でもな、個人的なことを特定の相手に伝えるのが手紙だろ、読む方にしても、その方がいい。書き手の想いが浮かんでくるんだよ、手書きの文字からさ。

　喋《しゃべ》るのは、思いつきでも許されるけど、書くとなるとそうはいかない。あらためて、自分が相手に対して何を一番伝えたいのか、考えることになる。よくよく考えると、書くことがなかったりしてな（笑）。ただただ、その相手に手紙を出したかっただけかもしれないと気づくわけさ。でも、それだって立派な目的だよ。そんなときは、正直に、「あなたに、手紙を出してみたかった」と書く。相手にとってはいい迷惑かもしれないけれど、結構、新鮮だったりしてな。感動したりして……。まあ、そのぐらい今の世の中、手紙を書かないからな。

どちらにせよ、手紙を書く効能としては、自分の考えを整理できる点があるんだよ。そして、もう一つ。文章の練習になる。しかし、何枚も書いてあるんだけど、最後まで読んでも何が言いたいのかわからない手紙の多いこと。ぐだぐだ書かない。

簡にして潔。文章の基本だよ。自分の考えを整理したら、それを的確に表す言葉とレトリックを探して書くのさ。そのためには、本を読んどかないと、どうしようもないよな。普段から言葉について興味をもってないと、いざというとき浮かばないよ。無理だよ。自分の中に無い言葉は書けないもんさ。昔から偉い作家や哲学者の書簡集が出版されているけど、ぼくは絵描きの手紙が好きだな。旅先で簡単なスケッチを添えた短い手紙。観ているポイントが違うのか、意外な感想をささっと書いている。これが妙に伝わるんだよ、こちらに。そんな手紙は気持ちがいいよ。

手書きで、短くまとめれば、字の上手い下手はそんなに気にしないこと。もともと人柄《ひとがら》が出ている文字が、ぼくは好きなんだけど、手紙の文字なら、なおさらだよ。だって、二人の間だけのやりとりなんだから。見事な文字じゃなくてもいいんだよ。

ぼくが恋文を、絶対に書かなかった理由

悪い面もあるぞ、手紙には。

男性に、とくに言っておく。恋文は絶対に書くな。書いても出すな。いいかい、女性は八十歳になってもその手紙をもっている。執念深いんだよ。間違っても「愛している」なんて書くな、逃げられないぞ、困ったことになるぞ。

ぼくが言うんだから、間違いない（笑）。

そもそも、性ホルモンの活性期が違うんだから。これが面倒を起こす。男性は十七歳から二十五歳までがピークだ。その頃の男ときたら、穴があれば何でもいいんだよ。頭の中は穴ばっかり。まるで獣。穴に飢えた獣だな。

だけど、二十六歳になると男は枯れ始める。暴走族の連中だって、二十六歳になるとしっかり枯れて、きちっと生活しているよ。後の人生、男はひたすら枯れ続けて、ぼくみたいになるってわけさ。その一方で厄介《やっかい》なのは、女性のホルモン。二十六歳からピークに向かい始めるんだぜ。枯れ始めと盛り始めの組合せじゃ、先は知れてるよな（笑）。

いいかい、これが結婚生活の難しさのひとつさ。性的には、無理がある。その意味じゃ、姉さん女房というのは性理学的には理に適《かな》ってるのかもしれないな。まあ、ぼくにはもう関係ない話だけど。とにかく、男は恋文を書くなよ。枯れていく自分をさらに辛い苦境に陥《おとしい》れるのが関の山なんだから。肝《きも》に銘《めい》じること。

ただし、手紙はいいよ。忙しくても、できるだけ親しい友人や親御《おやご》さんには手紙を書くことを、ぼくはすすめる。それは、きっと自分のためにもなるから。

書いてごらん。

なっ。

新年の手紙（その一）

きみに
悪が想像できるなら善なる心の持主だ
悪には悪を想像する力がない
悪は巨大な「数」にすぎない

材木座光明寺の除夜の鐘をきいてから
海岸に出てみたまえ　すばらしい干潮！
沖にむかってどこまでも歩いて行くのだ　そして
ひたすら少数の者たちのために手紙を書くがいい

第二十三話　ホース

男は、ホース

平成八年三月十八日で、ぼくも七十三歳だよ。困っちゃうぐらい、見事なジイさんだよな。ところで、プレゼントはいらないから。御礼ができないからな……。

でもなあ、この歳《とし》まで生きてきても、女性が何なのか、ぼくにはさっぱりわかんないよ。ただ一つ、一つわかるのは、男は観念的な生き物だけれども、女は本質的に、観念的にはなれないということ。勘違いするなよ。これは差別じゃない。区別なんだ。

男はモノの性質として、観念的なんだ。男は足が宙に浮いている。地に足がついていないから、空中を飛ぶよりしようがないんだ。そして、また別の観念と結びついてしまう。観念と観念が肩組んだり、ぶつかったりするんだよ。だから、政治や経済なんて実体がよくわからないものに夢中になってしまう。出世なんて共同幻想を、男はすぐに抱いてしまうわけさ。

これに対して、女性の女性らしい特質は、観念的でないということ。女性は、足が地についている。足がつくどころか、大地そのものなんだよ。女性は母なる大地、大地なる母さ。そして、畑でもある。男なんて、オシッコをばらまくホースにすぎないよ。ホース。ホース、ホース……何度もくり返したって、ぼくのホースはもう駄目だ。残るは、さらに観念的な生きモノとして人生を全《まっと》うするだけだな……寂しいよな、男は。

女は、変態

和泉式部、紫式部、それから外国ではエミリー・ディキンソンやサッフォーたち。彼女たちは、女性でありながら、何百年も生きる文化を創造してきた人たちだ。偉いよ、立派なんだよ。

　ぼくなんか、二人の式部の真似《まね》をし始めたのが島崎藤村《とうそん》で、それが日本の私小説、近代文学の特質じゃないかと察してるぐらいだよ。そのぐらい、現代にも影響を与えている。本当に素晴らしい才能だよな。だけど、こうした立派な女性たちは、数えあげるのに苦労するんだよ。他の女性がみんなダメだと言ってるんじゃないんだ。彼女たちのように優れた人間の存在は、百年に一人ぐらいしかいないのではないか、という事実を見てもらいたいんだよ。作曲家、詩人、画家、建築家――思いつくままに優れた創造をなしえた男は、いくらでも挙げられる。だけど、女性はちょっと思い浮かばない。怒るなよ。感情的になるなよ。女性が無能だと言ってるんじゃないんだ。

　女でなきゃできない仕事がたくさんあるということなんだ。女性は畑で、男はホース。機能が根本的に違うということさ。優しさも女性の本質であるべきだと、ぼくは思う。その優しさは強さでもあるからなんだ。人を創《つく》り育てる強さだよ。それから、女性には三つも四つも役割がある。娘、妻、母、恋人と、昆虫の変態のように変化し、すべてを兼ね備えて生きているんだ。エライなあ、とぼくは思うよ。

これじゃ、一本しかないホースで、男はどう太刀打《たちう》ちできるか悩むしかないよな。オカマになっちゃう男の気持ちが、男のぼくには少しはわかる。許してしまう。

いいかい。女性は、その存在自体がすでに創るものなんだよ。悔しいかな、男は創れない。女性の肉体からは、人間という無限の可能性が生まれる。だからこそ、男はホースを振り回し、撫《な》で回しながら、観念の中に入っていくわけさ。そうでもしなけりゃ、何のために生きているかわからなくなる。ひたすら孤独に囚《とら》われて生き続けるしかなくなっちゃうんだよ。

しつこく、くり返す。

男は観念的な生き物。

女性は観念的ではない生き物。母なる大地、大地なる母。

ホースをどう使うか？　男は、それこそ観念的にもっと悩んでみるのもいいかもな。なぜなら、母なる大地を痩《や》せた荒野にするのも、肥沃《ひよく》な豊かな存在にするのも、実は男なんだから。

なっ。

詩を書く人は

詩を書く人は
いつも宙に浮いている
どこにいったいそんな浮力があるのか
だれにも分らない

詩を書く人は
ピアノを弾く人にすこし似ている
かれの頭脳がキイを撰択するまえに
もう手が動いているのだ

手がかれを先導する
手は音につかまれて遁れられないのだ
それで手はあんなにもがいているのさ

音が手をみちびき
手は音から遁れようとしながら
かれを引きずって行く　どこへ

いったいどこへだろう　詩を書く人の姿が見たかったら
きみは全世界のいちばん高い所からとびおりるのだ
逆さまに
落下するその逆さまの眼に
闇のなかで宙に浮いている詩を書く人の姿が

もしかしたら見えるかもしれない

第二十四話　詩人

一篇の詩の誕生

C・D・ルイースが述べている。

まず。

一篇の詩の「種子」が、詩人の想像力を強く打つ。それは特定の経験で発生するかもしれない。あるいは漠然《ばくぜん》とした感情、ひとつの観念のかたちで現れる。言葉の衣をまとっていたり、一行の韻文で登場することさえある。詩人はそれを、彼のノートブックに書きとめる。

そして、だ。

その詩の「種子」は詩人の体内へ、いわゆる〝無自覚的意識〟とよばれる彼の部分の中へ忍びこむ。それは、だんだん成長して形を整え始め、ついに一篇の詩が誕生するまぎわの瞬間がやってくる。この段取りには数日を要することもあり、数年にわたることもある。

いよいよ。

詩人はひとつの詩を書きたい、という激しい欲望を感じる。その欲望は単なる欲望というより、肉体にまで浸《し》み透《とお》るような実感である場合が多い。その時がまさに詩が誕生しようとする途端、なのだ――。

適切だよな。ひとつの詩が生まれる、つまり、「種子」が体内に宿り「一篇の詩」となるために外へ出て行こうとする瞬間までのプロセスが、ほんと見事にとらえられているんだ。いいかい、このプロセスがない限り、ある一篇の詩がいかに巧妙に正義を歌ったり、愛を讃《たた》えても、またモダーンな意匠《いしょう》で書かれても、真の意味でそれは「詩」ではないんだよ。

ぼくはこの重要なプロセスを、詩人における「感情の歴史」と呼んでいる。詩人が自分の感情の歴史の中に生きている限り、彼自身が思ってもみないことや感じてもみないことを、いかにも真実そうに書いたり歌ったりすることはありえないだろう。普段は忘れている体験や気にもしない観念が、ある時ふと頭をよぎることがある。それは、その人だけの「種子」だよな。それはすでに彼の〝無自覚的意識〟という広大な大地で芽ぶき、育ち始めているかもしれない。雑草を刈ったり、水をやったりしたから、彼の詩の「種子」は成長したんだ。まさに無自覚的にな。ある文化が生まれ、そして死んでいくのも、実はこの土地なんだよ。近代人は、自覚的意識というあまりにも狭《きょう》小《しょう》な土地に文化を造りたがる。文化は生まれるもので、造るものじゃないのに。詩も同じさ。「種子」を育てることが不可欠なんだ。いろんなレトリックで詩が生まれるんじゃない。詩人の感情の歴史を抜けて飛び出してくるものが、詩なんだ。

　だから、詩人には二つの技術が必要だ。まず、内在的技術。つまり、毎日の雑多な経験をより分け、ひとつの秩序ある詩的経験にまで高めていく、いわば知的で感性的な能力さ。この技術が感情の歴史の中で必要なんだ。自分が気になること、忘れられないことが一本の直線で結ばれるかもしれない。弧を描いて月へと向かい始めるかもしれない。自分だけが発見する秩序。発見する技術。能力。

今度は、外在的技術が必要となる。詩人の体内から「詩」を外に押し出して、ついに「一篇の詩」として開花せしめる技術。一般的に、これを詩的技術と呼んでいるけど、勘違いするなよ。もう、わかっただろう。内在的技術がなくて、いかなる詩的（外在的）技術もありえないんだから。直喩《ちょくゆ》や隠喩《いんゆ》といったレトリックも、単に言葉を美しく言い換えるためにあるんじゃないんだよ。つまり、自分の感情の歴史を大切にしないと詩を書くには至らない、ってわけさ。

だから、詩人は「詩のつくり方」をマスターして詩を書くんじゃない。詩人は詩を書くことによって詩を書くんだ。ルイースはこうも言ってる。想像力を強めるためには詩を書きたまえ。そのとおりさ。画家は絵を描くことで、作曲家は作曲することで、彼らの想像力を鍛える。鍛えられた想像力は詩人や画家の感情の歴史をさらに推進させるんだ。そして、あらたなる胎児《たいじ》を外部に押し出していくのさ。

もう一度言う。――詩人は詩を書くことによって詩を書く。

感情の隠匿《いんとく》

詩人にとって感情の歴史が重要だと語った。だけど、誤解しないでくれよ。詩は、感情の発露《はつろ》ではなくて、なまの感情を隠匿するところなんだよ。たとえば、感情の豊かな人物を冷静に観察してみるといい。彼らは、あらゆる意味で感情的ではない。ヒステリックな感情表現は、感情の貧しさ、卑小さを誇示しているだけさ。感情過多なんて、感情の豊かさとは何ら関係ないよ。無関係。

素晴らしい即興《そっきょう》的な詩は、ある。だけど、詩そのものは即興的な表現じゃない。あくまでも、不分明な感情を分明のものとし、はっきりと眼《め》に見せ、はっきりと耳に響かせるものさ。分けるから、わかる。つまり、もやもやと霧がかかっていた自分の感情に「物」として明確な形を与える、それが詩なんだ。リズムによって、色彩によって、イメージによって、語と語とのデリケートな関係によって内側から補強された「固有の構築物」、それが詩なんだ。詩は特定の観念や漠然とした情緒ではつくられない。詩は言葉でつくられる。

素晴らしい詩が、ときに読む者の全感性を震撼《しんかん》させてしまうのは、その人がそれまで判然としなかった、視《み》ることができなかった自分の感情や観念に出会ってしまったからなんだよ。T・S・エリオットの言葉が絶妙さ。

――思想を薔薇《ばら》の花のように感じる。

詩人の学校

現代のもっとも重要な詩人のひとり、W・H・オーデン。あるとき彼は、自分が大財閥から基金を委託されて「詩人の学校」を創立するという空想にとりつかれた。そして、詩人になるためのカリキュラムまで具体的に列挙してみせたんだ。

ぼくの記憶によれば。

まず、田舎《いなか》に住むこと。田園に生まれればいいが、不幸にして都会に生まれた者は、努めて山野、海浜におもむき、自然の生態を観察しなければならない。自然の色彩、リズムを学ばなければならない。修得する学科は、航海術、天体学、気象学、生物学、歴史、地理、農耕学、料理学、文化人類学、考古学、ユークリッド幾何学、典礼学、そして修辞学。ホメロス以来の文学文明に現れた偉大な詩の暗誦《あんしょう》、その他。さらに重要なのは、この「詩人の学校」の図書室から、詩に関する評論、批評文、作詩法の類《たぐい》を一切追放すること。

君、笑ってはいけない。

この、皮肉で真剣な提案には、深い真理が含まれているんだ。彼は、生命感覚の涵養《かんよう》と訓練こそが、詩人になるための不可欠な条件だと言っているのさ。したがって、非自然的なもの、非人間的な世界構造や社会制度、非人間化を促す一切のものに、「詩」は反撃する。一見すると甘美な抒情詩《じょじょうし》だって、断固として反撃するんだ。この反撃的精神こそが、一流の詩すべてがかねそなえている「核」なんだ。そして、この「核」こそが、「詩」という名に恥じぬ感動を、ぼくらに与えてくれるエネルギーなんだよ。

だから、真の詩の前で、ぼくらは自分の全感性、全存在が震えることに驚いてしまうのさ。世界が少し新しく見えてきて、勇気が湧《わ》いてくるんだ。基本的に、人に勇気を与えないものは芸術じゃないいんだから。

ところで、最後に、ぼくの作詩法を紹介しておこう。もう、解説はいらないだろう。

じゃ、朗読するぞ。

遠い国

ぼくの苦しみは
単純なものだ
　遠い国からきた動物を飼うように
　べつに工夫がいるわけじゃない

ぼくの詩は
単純なものだ
　遠い国からきた手紙を読むように
　べつに涙がいるわけじゃない

ぼくの歓びや悲しみは
もっと単純なものだ

遠い国からきた人を殺すように
べつに言葉がいるわけじゃない

立棺

I

わたしの屍体に手を触れるな
おまえたちの手は
「死」に触れることができない
わたしの屍体は
群衆のなかにまじえて
雨にうたせよ

われわれには手がない
われわれには死に触れるべき手がない

わたしは都会の窓を知っている
わたしはあの誰もいない窓を知っている
どの都市へ行ってみても
おまえたちは部屋にいたためしがない
結婚も仕事も
情熱も眠りも　そして死でさえも
おまえたちの部屋から追い出されて
おまえたちのように失業者になるのだ

われわれには職がない
われわれには死に触れるべき職がない

わたしは都会の雨を知っている
わたしはあの蝙蝠傘の群れを知っている
どの都市へ行ってみても
おまえたちは屋根の下にいたためしがない

価値も信仰も
革命も希望も　また生でさえも
おまえたちの屋根の下から追い出されて
おまえたちのように失業者になるのだ

Ⅱ

われわれには職がない
われわれには生に触れるべき職がない

わたしの屍体を地に寝かすな
おまえたちの死は
地に休むことができない
わたしの屍体は
立棺のなかにおさめて
直立させよ

　　地上にはわれわれの墓がない
　　地上にはわれわれの屍体をいれる墓がない

わたしは地上の死を知っている
わたしは地上の死の意味を知っている
どこの国へ行ってみても
おまえたちの死が墓にいれられたためしがない

河を流れて行く小娘の屍骸
射殺された小鳥の血　そして虐殺された多くの声が
おまえたちの地上から追い出されて
おまえたちのように亡命者になるのだ

　地上にはわれわれの国がない
　地上にはわれわれの死に価いする国がない

わたしは地上の価値を知っている
わたしは地上の失われた価値を知っている
どこの国へ行ってみても
おまえたちの生が大いなるものに満たされたためしがない
未来の時まで刈りとられた麦
罠にかけられた獣たち　またちいさな姉妹が

おまえたちの生から追い出されて
おまえたちのように亡命者になるのだ

地上にはわれわれの国がない
地上にはわれわれの生に価いする国がない

III

わたしの屍体を火で焼くな
おまえたちの死は
火で焼くことができない
わたしの屍体は
文明のなかに吊るして
腐らせよ

われわれには火がない
われわれには屍体を焼くべき火がない

わたしはおまえたちの文明を知っている
わたしは愛も死もないおまえたちの文明を知っている
どの家へ行ってみても
おまえたちは家族とともにいたためしがない
父の一滴の涙も
母の子を産む痛ましい歓びも　そして心の問題さえも
おまえたちの家から追い出されて
おまえたちのように病める者になるのだ

われわれには愛がない
われわれには病める者の愛だけしかない

わたしはおまえたちの病室を知っている
わたしはベッドからベッドへつづくおまえたちの夢を知っている
どの病室へ行ってみても
おまえたちはほんとうに眠っていたためしがない
ベッドから垂れさがる手
大いなるものに見ひらかれた眼　また渇いた心が
おまえたちの病室から追い出されて
おまえたちのように病める者になるのだ

　われわれには毒がない
　われわれにはわれわれを癒すべき毒がない

田村の隆ちゃん

山﨑　努

大詩人をつかまえて「隆ちゃん」なんて失礼かな。でも御本人がこの本で「陽気な田村の隆ちゃん」て自称してるんだから、おれも隆ちゃんでいく。シャレだよ、ユーモアだ、許せよ。

おもしろいよなあ、隆ちゃんの放談。ご隠居さんのご機嫌な話をおいしい酒を飲みながら聞いてるみたいで、ほころんじゃう。そして腹をかかえて笑っちゃう。なんてったって話がうまいよ。ゆったりして、あったかくて。おいとまして家に帰って寝床に入ってからも思い出し笑いしてしまうようなほんわかした感じ。元気が出る。人が好きになる。そうだろ。なっ。

だけどさ、だけどよく考えてみると「⁉」となる言葉もある。聞き役でお相手をしてこの文を書いた長薗安浩さんは「警句」って言ってるけど、ときどきドキッとするトークがある。それも笑いに紛らわせた何気なくの喋りの中にふっとすごい言葉が出てくる。これ、隆ちゃん独特の語り口、上等な話芸なんだな。たとえば「旅」についての一節。「旅の魅力は、未知なるものと遭遇することにある。／知らない土地、風景、顔、言葉、花、そして自分自身。遭遇しながら、自分の肉眼を養っていく。『私は、一・五です』なんてのとは違うぜ（笑）」と一つ笑いをとったあとに、「そのうちに、すごいハンサムな青年に会えるかもしれない。／そんな空《むな》しくも切実な期待を抱きながら生きていくのが、人間の社会なんだよ」「人生の旅は面倒くさそうかい？　でもね、堂々と空しい期待を抱きつづけるのさ」とくる。

——なるほど、人生は面倒くさい、こっちのリアクションは「……」、やっぱり人生空しいかあと視線を落す、となるわな。ふつうはそうなる、ふつうは。

しかしだ、もしおれがこのリアクションを商売の演技で表現するとしたらそうはならないね。まず、そっくり返ってゲラゲラ笑う、手元のビールをゴクゴクとふた口ほど、指に挟んだタバコをプカリ一服、そして脱力し、呆けたように、だがあくまでも明るく「あーあ」と溜め息、とやるね（いま試しに演じてみたらそうなった）。というのも、空しい人生の旅、を語る隆ちゃんがちっとも深刻じゃないからさ。目を細めて肩をすくめク、ク、ク。顎をつきあげ馬がいななくようにハ、ハ、ハと笑ってる陽気な隆ちゃんの様子が目に浮かぶからなんだ。きっとみんなも同じようなリアクションをしたんじゃないかい。

あ、そうそう、馬のいななき笑いっていう形容は、長薗安浩さんの小説『あたらしい図鑑』（ゴブリン書房）からの引用だ（この長薗作品の主人公である村田という老詩人は田村隆一をモデルにした人物でね、キャラクター描写のディテールで田村詩人の個性を巧みに利用していて臨場感がある。オマージュといってもいいくらい、田村さんを彷彿《ほうふつ》させる「匂い」があるんだ）。

おれは実物の隆ちゃんに一度だけ遭遇している。もう四十数年前、大昔だ。群馬の山の中で夏の短い何日か、機嫌よく遊んでもらった。ほんのすれ違いのような出会いだったけど、それでも田村さんの印象は強烈で、その挙動の断片は鮮明に憶えてる。だから、いななき笑いには実感がある。声まで聞こえてくる。あれは胸に溜った諸々の由無《よしな》し事を虚空に放り出す笑いだぜ。無類の名人芸だ。おれも折にふれていななきを真似してみるが、残念ながら隆ちゃんのように軽快にはいかないや。まだまだ修行が足りない。

「旅」の話を続けようか。おれ、田村さんの旅行記を愛読しててね、インド、スコットランド等々――。スコットランドの話はここにも出てくるな。あそこは美人のいない国だ、なぜかといえばみんな美人だから、なんて言ってる。ホントかなあ、だったら行ってみたいなあと思うと、「（全員が美人なんだから）容姿で差がつかなくなると、女性たちは頭か技術でお互いの差をつけるしかなくなるわけさ。／日本……。／日本は、ちょっとな……」とオチがつく。洒落てるよな、さすがだね。でもスコットランドは一度視察して、どんな美女がいるか確かめてみる必要があるぞ。

僕が一番気に入っている田村さんの紀行文を紹介しよう。「北海道――北の青」というタイトルで『小さな島からの手紙』（集英社文庫）と『書斎の死体』（河出書房新社）に収録されている。このなかにちょっとしたバス旅行の件りがある。これが僕の理想とする旅だ。旅の決定版だ。

隆ちゃんが東京港からフェリーに乗って船中二泊。着いたところは北海道の釧路。ホテルで一息入れてから、同行の夫人、友人と連れ立って街へ出る。さしあたってすることがない。なーんにもない。仕方がないから目の前に停車している市バスに乗ることにする。

「終点まで三人」友人が、体格のいい女性の車掌さんに声をかけると

「千五百円いただきます」

「おい、ちょっと待ってくれよ、バスで一人五百円だとすると、終点についたら、日が暮れちゃって、とても今日中には釧路に帰ってこられないよ」と隆ちゃんが口をは

さみ

「三人で五百円くらいのところで、おろしてもらおうや」

この行きあたりばったりの小旅行が何ともいいんだ。

僕、山崎の努ちゃんは、生来ものぐさな質《たち》でね、おまけに今や歳をとってますます出不精が昂じ、仕事以外ではめったに外出しない。近くのポストまで歩くのもおっくう。それでもたまーに、発作的に、ふらっとどこかに行きたくなるときがある。旅というほどのものではないほんの小移動なんだけど、その場合でも僕は、努ちゃんは必ず目的を作ってしまうんだよ。温泉に浸って雪山を見よう、田舎の川の匂いを嗅ぎながら岸辺をうろうろしよう、暖かい南の島でビールを飲んでうつらうつらしよう（だらけたプランばっかりだ）、といった具合にね、目的を作っちまうのさ。いい旅とは隆ちゃんスタイルのようなアバウトで無目的なものだとかねがね思ってるんだが、それができない。どうしてもできない。生命力のレベルが低いんだね。

さて、バスの乗客となった田村一行は、なんということもない殺風景な郊外を漠然と運ばれていって「三人で五百円くらい」の地点でおりる。あたりを見回す。なーんにもない寒村。村役場と、母屋がついている交番。国道をひっきりなしに行きかうトラックの轟音におそれをなして、小さな寺の境内に逃げこむ。雑草の生えたなんということもない空き地に坐り、なんということもない雑木山や空をながめ、タバコを吸う。

「どういうわけで、ぼくたちはここにいるんだね」

「さあ、どうしてでしょうね」と友人。

イナゴが足元をハネまわっている。傍らの夫人は、長時間の船旅で、まだ大地がゆれているらしく虚脱した顔。

だんだんタソガレてくる。ひきかえそうかとバス停に戻り、時刻表を見ると、まだ小一時間ある。郵便局に入って椅子に腰かけようと思うが、三人組の強盗とまちがえられそうなので（ここはブッチ・キャシディ、サンダンス・キッド、エタ・プレイスの三大ギャングになったつもりだね）、局のまえのコンクリートの石段で休む。オシリが冷えてくる。北海道はやはり寒い。酒屋の自動販売機でホカホカの缶コーヒーを買い、胴ぶるいしながら飲む。やがてバスが到着し、もと来た道を逆もどり。……これでおしまい、これでこの小旅行の記述は終り。

これなんだ。これが旅なんだ。もっといえば、これが人生なんだ。僕のような予定調和のスケジュールでは味わえない、濃縮された何かがここにはある。

一行はこのあと、新鮮なサカナを食べたり、美しい景色に感動したり、クジラの泳ぐのを見て歓声をあげたりするんだけどね、おれはこのなんてことない、なーんにもない「三人で五百円くらい」の旅にしびれた。文庫本でわずか二ページ半の文章なんだが、読んでみてよ。ぜひ。お勧めするよ。

ひとつ不審に思う部分がある。自動販売機で缶コーヒーを買ったってとこだ。この場面、田村さんならワンカップかなんか絶対酒にすると思うんだ。寒さしのぎなんだからさ、そうだろ。酒屋の前にいるんだろ、だったらウイスキーだって手に入るんだ。どうもおかしい、と長考して、わかった。これはジョークだ。ってのはね、そこはベッポという村なの。で、買ったのはポッカ缶コーヒー。——ベッポへ行ってポッカを飲んだといいきたかったんだよ、きっと。事実、東京に帰ったらベッポを大いに宣伝してやろう、そそっかしいやつはベップとまちがえて、温泉があって、美女がいて、山海の珍味があるものと早トチリするかもしれないぜ、酒は地ビールの「ポッカ」がうまいぞと言ってやろう、なんて書いてる。ね。これは田村の隆ちゃんらしい冗談なんだ。あの人が寒さにふるえて缶コーヒーなんかすすったりするもんかい。つまり、なーんにもなかったベッポ体験をさらっと爽快にこなし、軽く笑いのめす、これが隆ちゃんの流儀。

うん、寒さからの連想で、田村さんの詩「レインコート」を思い出した。これも少し紹介しとこう。

レインコート

真夏だというのに
レインコートは壁にぶらさがったまま凍りついている
枯葉色の皺だらけの
なにもしないくせに
袖口だけは擦り切れていて
糸が二、三本垂れさがっていて
ポケットには
ウイスキーの小瓶をいれた形がまだ残っていて
どこを探したって小銭も出てこない

タバコの吸い殻が曲った釘みたいに
ポケットの底にへばりついているだけ

それに
レインコートの持ち主だって分らない
ただ壁にぶらさがっていて
顔もなければ足もない

肉体はとっくに消滅して
心だけが枯葉色になって
真夏の部屋のなかでふるえている

（後略）

以前、自分の衣服を壁に吊るしてスケッチしてみたことがある。ロケ先で暇をもて余しているときだった。この詩が頭の隅っこにあったんだろうね。おれの場合はレインコートじゃなくてよれよれの革ジャンだったけど、これが妙に明るい絵になっちゃった。斜めに傾《かし》いだジャンパーがいまにも踊り出しそうなんだ。「レインコート」に、おれは、陽気な隆ちゃんを感じていたのかもしれない。とにかく、じめじめしてない。だって凍りついているんだから水けはなくてカリッと固まってる状態だろ。

田村さん、隆ちゃん、田村隆一、おれ、僕——この作文、人称が混乱しちまったな。まあいいや、田村隆一に向かい合うとこうなるさ。しょうがねえや。なっ。

（俳優）

対談　ほんとうの無頼

長薗　このたび『詩人からの伝言』が文庫化されることになったのは、山﨑さんが昨年（二〇〇八）、『週刊文春』で連載されている書評欄で、この本と僕の小説を紹介してくださったのがきっかけなんです。

山﨑　いや、面白いんですよ、『詩人からの伝言』は。最初に発売されたのが……96年ですか。もう10年以上も経つのか。

長薗　で、文庫化にあたって解説を山﨑さんが執筆してくださった。でも、最初に読んだときはびっくりしましたよ。原稿のなかでは「山﨑の努ちゃん」なんて表現まで飛び出すんですから（笑）。

山﨑　長薗さんがまとめられた田村さんの放談文体に則ってみたんですよ。「なっ。」っていう締め方も真似をして（笑）。『詩人からの伝言』を読むとよくわかるけれど、田村さんはとても楽しまれているじゃないですか。

長薗　そうですね。毎回、鎌倉のご自宅でお話を伺っていたんですが、取材というよりは飲んで喋りに行くような。はじめてこの連載をお願いしに行ったときも「伝言っていうからには君が書くんだろうな」って。ほんとうは田村さんに書いてもらうつもりだったんだけど、「伝言ってタイトルに偽りありじゃいけない。だから君が書くんだ。僕は飲んで喋るだけだ」（笑）。

山﨑　酔いどれ詩人で、無頼。いわゆる無頼というわけではなくて……。

長薗　そう、ほんとうの無頼ですよね。無頼というと町で肩でも触れたら――って感じがあるけど、そういうのではない。すべてを放り出しているというか、たまたま、まだ生きてるような感じで、何かにこだわるようなところがない。だから、どうしても彼が醸し出すものは明るいんですよ。

山﨑　何かのエッセイで、敗戦までは僕は人間だったけれど、その後はおばけだと書いていたんです。そうやって、いろんなものを捨てちゃって、辛うじて残ってるものが詩になるのかもしれない。捨てていくというのは、田村さんに限らず大事なことですよ。若い頃はなんとか取り込もうと足し算で考えるけれど、あるときから引き算になり、残ったものが、こういう作品になるということなんだろうね。

長薗　この本のなかでも田村さんの詩をいくつか掲載しているけれど、初期の作品は結構格好いいんです。でも、70年代くらいからの詩は、エッセイというか日記のような詩が多い。鎌倉の弁財天に行ったとか、ロートレックの絵をずっと見ていたいとか。ほとんど感想文のような……でも、いいんですよね。

山崎　僕もそっちが好きですね。

長薗　山崎さんは、田村さんの詩のなかでも、「レインコート」が好きなんですよね。

山崎　そう。あの詩はね、絵が見えるんです。それで絵を描いちゃったりしたんだけど（笑）。とはいえ、レインコートじゃなくヨレヨレの革ジャンの絵なんです。今日、持ってくりゃ良かったな。なぜか、めちゃくちゃ明るい絵になっちゃった。解説にも書いたけれど、田村さんのイメージがそうさせたのかな。陽気で、じめじめしていない。田村さんの詩は、かなりのことを書いているけど、最終的には「なっ。」なんですよ。

詩は時限爆弾
いつ爆発するかわからない

長薗　山崎さんは一度、田村さんに会ったことがあるんですよね。山崎さんから見た、田村さんの印象はどんな感じでした？

山﨑　うーん……なんだろうなあ……つまりあれだ、そういう風に聞かれると、答えはない（笑）。ただね、長薗さんがお書きになった『あたらしい図鑑』を読んだとき、小説内に登場する老詩人の村田さんには、田村さんの匂いがあって。もちろん、村田さんは田村さんそのままではないのだけれど。

長薗　そうなんです。田村隆一さんを描こうと思ったんじゃなくて、田村隆一のような存在と13歳の少年が出会うと、どうなるんだろうなって考えたのが、あの小説で。

山﨑　『あたらしい図鑑』は、とらえどころがないんですよ。いや、文体やスタイルは年齢を問わず読めるくらいわかりやすく書いてあるけれど、じつは非常にわかりにくい小説なんだよね。村田は少年に「俺を見ろ」って言うじゃないですか。俺を見ておけ、俺をしっかり見ておけ、って。これ、僕は村田さん自身が自分のことをわかっていないと思うんです。だから見てほしいんですよね。ほかでもなく、少年の目で。

長薗　あ〜、なるほど。……って、作者が「あ〜」って言っちゃった（笑）。

山﨑　この小説のわからなさが、僕にとってはとても面白かった。小説でも演技でも、良いものは訳がわからないし、形にならないものなんです。形にするのは読者であり観客であってね。10万人の読者がいたら10万通りの答えがある。訳のわからない良い作品っつうのは、それぞれ答えがあるんですよ。それが、作品が生き物になってるっていうことなんだよね。だから作者にも、演技者の僕にもわからない。でも、駄目な作品っていうのは、答えがひとつなんですよ。

長薗　そんなにつまらないことはないですよね。

山﨑　作品って、雑草が生えてこないと駄目。一応、僕みたいな俳優でも、プランニングはする。たとえば庭をつくるように、ここにこの木を植えて、花壇をつくって……って設計してみる。でも、設計通りにできても、気が向かないんだよ。なんだか自分でもわかんないようなもの、庭の思わぬところに雑草が生えてほしいんです。雑草は種を蒔くわけにいかないから、もうひたすら待ってなきゃいけない。きっと、生えねえのかなあって待ってるのは、詩でもそうだと思うんですよ。自分の作品をつくるために世界をぎりぎりまでもっていかなきゃ雑草も生えないんだけど、でも、目的は雑草の生えることなの。

長薗　雑草が生えることが目的なのか……。それにしても、いま山﨑さんがおっしゃった作品の受け手側がそれぞれに形を定着させるというお話は、なるほどと思いました。というのも、田村さんにこの『詩人からの伝言』の連載をお願いしたのは、「ダ・ヴィンチ」の創刊時に、高校生のときに読んだ「帰途」という詩の、最初の4行をふと思い出したことがきっかけだったんですよ。

山﨑　ああ、「言葉なんかおぼえるんじゃなかった」ですね。

長薗　そうです。さっきの雑草と同じような意味で、僕は「あ、詩というのは時限爆弾なんだ」と思ったんですよ。いわば、最初に詩を読んでから16年以上経って、雑草が生えたわけです。で、その話をしたら、田村さんは「良い話だな〜！」って。

山﨑　ハッハッハッ（笑）。

長薗　しかも続けて、「でもあれだな、君もちょっと詩がわかったな」とか言って（笑）。

ゆっくり、ゆっくり

若い人に読んでほしい本

山﨑　あの、作家の長薗さんを前にして、こんな偉そうなこと言うのも変な話だけど、言葉っていうのは、どうせ使い古されてるんだよね。田村さんも〝紺碧の海〟なんて使い古された言葉はあかん、と書かれていたけれど、でも、どんな言葉だって自分が知ったときはもう使い古されている。自分が発明するわけにはいかないんだから。ただ、そんな使い古された言葉も、組み合わせによって全然違うものが出てくる。そうやって言葉を衝突させることっていうのは、新しい世界をつくるってことなんだと思うんですよ。それが、田村さんの詩。田村さんの詩って、そんなにものすごい言葉なんて出てこない。

長薗　そうなんですよ。難しい言葉なんて出てこない。そこがすごい。

山﨑　衝突でね。全然違うものをぶつけてさ。そういえば、こんな話があるんですよ。僕には孫がいるんですが、8歳の少年……いや、幼児と少年の間なんだけど、学校の帰り道にいつもいる老人と仲良くなっちゃったって言う。で、この前、入れ歯を見せてくれたらしく、ものすごく興奮しててね。「なんで歯が外れちゃうんだろう！」って。

長薗　それ、いいなぁ。

山﨑　いいでしょ。誇らしげに「これ入れ歯だよ」って見せてる老人もすごいし、それを目を皿のようにして見ている子どもも。長薗さんの小説もそうですけど、そういう関係を持てるっつうのは大事だと思うね。少年にとっても、それから老人にとっても。逆に、よくドラマなんかでお父さんと息子がキャッチボールしてるシーンとかあるけれど、あんなものは定番で、ちっとも面白くない。使い古された〝紺碧の海〟だよ。

長薗　まさしく（笑）。入れ歯を外して見せるっていうのは、衝突の瞬間ですもんね。でも、今回『詩人からの伝言』の文庫化であらためて感じたんですが、田村さんが亡くなってから11年が経ったけれど、これからこの本を読む若い人もいるわけですよね。それで、言葉の衝突に出会って、「こんな詩人、知らなかったけど、格好いいじゃんか」と思ったり、バンドなんかやってる奴が「こいつの詩に曲つけてやろうぜ」とか言ったりするかもしれない。そういうことが起きるといいなあって思うんですよ。

山崎　うん、いいね。老人と少年が出会うようにね。この本は若い人が読むときっといい。時代に媚びていない、金権に媚びていない、名誉に媚びていない、そんな詩人の本を、若い人にゆっくり、ゆっくり読んでほしいね。

「ダ・ヴィンチ」二〇〇九年八月号より

（構成・岡田芳枝）

解説　「なっ」ってなんなんだ

穂村　弘

毎回の「伝言」の最後は「なっ」という決め台詞で締められている。誰にどんなタイミングで云われるのかによって、この言葉の印象は全く変わってくる。憧れの先輩に笑いを含んだ目で「なっ」と云われたら、嬉しい気持ちで「はい！」と答えたくなる。でも、気持ち悪いおじさんから「なっ」と云われたら、さっと身をかわしたくなるだろう。

相手が尊敬できるかできないか。本物か偽物か。「なっ」の前に語られる言葉が問題だ。とはいえ、その内容だけが判断の基準になるわけではない。どんなに立派なことを云ってても駄目なものは駄目。なんだか馬鹿みたいでも素敵なものは素敵。「なっ」と云われる側には、不思議にぴんときてしまうものだ。だから、私にはこわくて「なっ」なんてとても云えない。
田村隆一の場合はどうだろう。試しに、「旅」という章を冒頭から読んでみる。

旅は一人旅に限る。だけど、昔は、女の一人旅というのはできなかった。だって、宿屋へ行くだろ。襖一枚だけで、隣にはぜんぜん知らない男か、女が寝ているんだから。襖一枚だよ。ロックないんだよ。
困っちゃうよ。

「困っちゃうよ」が妙に可愛い。あなたは別に困らないでしょう、と云いたくなる。また、「ロック」という云い回しも変わっている。普通はここは「鍵」だろう。文章の続きはこうだ。

密室ができないんだ。だから、日本では本格的な探偵小説ができなかった。ロックがないから、どうしても捕り物帳になっちゃうんだ。西洋風の本格的な探偵小説というのは、戦後、昭和三十年代ぐらいからでしょ。まあ、東京オリンピック後だね。

意外な展開である。「女の一人旅」の話をしてたはずなのに「だから、日本では本格的な探偵小説ができなかった」にとんでしまった。「困っちゃうよ」は二重の意味を持っていたのだ。一つは襖一枚向こうに知らない人が寝ていること。もう一つは本格的な探偵小説ができなかったこと。そういえば、田村隆一はミステリーの優れた翻訳家でもあった。

それから、やっとロックがものをいうようになってきた。女性も新幹線に乗るし、一人で安心してシングルルームにも泊まると。だから、女性が一人旅ができるようになったのは、本当に、つい最近のことなんだ。それまでは、ちょっと女性はできなかった。なかには、雲助みたいなのもいるしな、ぼくみたいな（大笑）。

「雲助」って言葉がまた可笑しい。単なる悪党や無頼漢とは違ったニュアンスがある。「ロック」と「雲助」、意外な新しさと意外な古さ。また「ロックがものをいう」には鍵が喋り出すような感覚もある。そして、極めつけは「ぼくみたいな」だ。そうきますか。じゃ、この本は「雲助からの伝言」か、と思ってくすっとなる。

言葉の表面的な意味よりも、むしろ微妙な云い回しや空気感から、我々は語り手の魂を感じ取っている。田村隆一の「伝言」は、酔っ払いの詩人なんて「雲助」みたいなもんさ、という羞じらいに充ちている。全ては冗談みたいなもんさ、という風通しの良さがある。だからこそ、耳を傾けたくなる。自在な語り口は、滅茶苦茶に見えて真面目。真面目に見えて冗談。冗談に見えて優しい。この人は男にも女にもてるだろうなあ。

そんな彼の言葉に触れると、こっちまで自由な気持ちになってしまう。この感覚をメディアファクトリー版の解説で山﨑努氏は次のように表現している。

田村さん、隆ちゃん、田村隆一、おれ、僕――この作文、人称が混乱しちまったな。まあいいや、田村隆一に向かい合うとこうなるさ。しょうがねえや。

同感である。「田村隆一に向かい合うと」、いい意味で調子が狂う。混乱も矛盾も陶酔も彼の世界そのものだ。例えば、第一章で「結婚」の秘訣を語ってるけど、本人は五回も結婚してるんだから、語る資格がないような、ありすぎるような。とにかく、とんでもないおじいさんだ。

たった二文字で読み手の魂の「ロック」を解除してしまう、思わずふふっと笑いたくなる、田村隆一の「なっ」は最高だ。

田村隆一　年譜

大正十二年　一九二三年

三月十八日、東京府北豊島郡巣鴨村字平松一三六〇番地（現・東京都豊島区巣鴨六丁目）に、父友次郎、母ぬいの長男として生まれる。友次郎は、埼玉県羽生町の農家の次男で養子。隆一という命名は地元天祖神社の神官による。生家は、祖父の重太郎（明治元年生まれ、向島小梅の両替商の長男）が大正九年に開業した鳥料理専門の料亭「鈴《す》む良《ずら》」。祖父は大塚三業組合（三業＝芸者置屋、待合、料亭）の創立者で初代の社長。母は家業に忙しく、祖母のしげ（明治元年生まれ、下谷黒門町の旗本の娘）に育てられる。幼時から十歳頃までは大病の連続だった。

九月一日（生後六カ月）、関東大震災

昭和二年　一九二七年　四歳

二月、京都の伏見稲荷に祖父母と共に参拝。その後も小学校入学まで、初午の伏見稲荷への参拝が恒例となる。

夏、鎌倉の材木座で海水浴をする。

昭和四年　一九二九年　六歳
四月、仰高西尋常小学校（現、豊島区立巣鴨小学校）に入学。
昭和八年　一九三三年　十歳
夏、群馬県の四万温泉に行く。
昭和九年　一九三四年　十一歳
二月、祖母、しげ急逝、享年六十五。
夏、逗子の養神亭に滞在中の祖父を訪ねる。
この年、重太郎が出羽海部屋に入門させた力士の外ケ浜が引退、断髪式を鈴む良で行う。
昭和十年　一九三五年　十二歳
三月、仰高西尋常小学校を卒業。
四月、東京府立第三商業学校（現・東京都立第三商業高等学校）に入学。同学年に北村太郎（本名　松村文雄／詩人）、加島祥造（詩人・アメリカ文学者）、一級下に鈴木清順（映画監督）がいた。国語教師の佐藤義美はモダニズム系の詩誌「詩法」「二十世紀」の主要メンバーで、その後、「いぬのおまわりさん」の作詞ほか、童謡や児童文学の世界で活躍する。

七月、祖父と夏休みを草津温泉で過ごし、帰途、草軽軽便鉄道で軽井沢を経由して帰京する。

昭和十一年　一九三六年　十三歳

二月二十六日、雪の日の朝、通学途上の市電の車窓より、日銀を警護する剣付鉄砲をかかえた兵隊を見る。二・二六事件に加わって自決した野中四郎大尉は父の軍隊時代の上官で、父が除隊した後も中隊の忘年会は鈴む良を毎年使い、馴染みだった。

前年と同様、草津温泉で夏休みを過ごす。

昭和十二年　一九三七年　十四歳

五月、春山行夫、村野四郎、近藤東、上田保を編集同人とする詩誌「新領土」が創刊される。

七月、蘆溝橋事件により日支事変勃発。

夏休みを福島県の高湯で過ごす。

昭和十三年　一九三八年　十五歳

春、早稲田の古本屋で西脇順三郎の詩集『Ambarvalia』を購入。手が表紙のワインレッド色に染まるようであった。

前年と同様、高湯で夏休みを過ごす。

この頃、春山行夫編集の「詩と詩論」や「文学」などを読み漁り、三商の同級生、佐々木萬晋と同人詩誌「エルム」の発刊を計画、秋に創刊する。北村太郎と親しくなる。

昭和十四年　一九三九年　十六歳

春、「エルム」を「新領土」の編集同人に献呈し、村野四郎から葉書で礼状をもらう。

五月、「新領土」第五巻第二十五号（五月一日発行）に「唄のナイ金魚」「季節の運動」を発表して会員となる。また、岩佐東一郎らの「文藝汎論」にも作品を送り始め、同年九月から昭和十六年七月までの間に四回掲載される。

六月、「新領土」第五巻第二十六号に詩「季節の運動5」を発表。

七月、「新領土」第五巻第二十七号に詩「季節の運動6」「インクと人造肥料」を発表。

八月、北村太郎の紹介で中桐雅夫が編集する詩誌「LE BAL」に第二十輯から参加し、第二十一輯に作品が掲載される。「LE BAL」の月例会にて鮎川信夫、森川義信、衣更着信、牧野虚太郎、三好豊一郎らを知る。また、この前後、北村太郎、佐々木萬晋、加島祥造らと同人誌「Ambarvalia」を創刊するが、数号出して廃刊となる。

九月、第二次世界大戦勃発。同月、「新領土」第五巻第二十九号に詩「馬のピストル」を発表。「文藝汎論」第九巻第九号に詩「昇天祭」を発表。

十月、「Ambarvalia」第四輯に詩「季節の運動」を発表。

十二月、「新領土」第六巻第三十二号に詩「お化けの伝説」を発表。「文藝汎論」第九巻第十二号に詩「お化けの伝説」を発表。「LE BAL」第二十一輯に「季節の運動」を発表。

昭和十五年　一九四〇年　十七歳
二月、「Ambarvalia」の解散式を兼ねて十五、六人で湯河原へ一泊旅行。同月、「文藝汎論」第十巻第二号に詩「唄のナイ金魚」を発表。

三月、第三商業学校を卒業。就職が決まっていた東京瓦斯（現・東京ガス）には一日も出社せず、やはり横浜正金銀行（現・三菱東京UFJ銀行）をやめた北村太郎とともに神田三崎町の研数学館に通うも二カ月でやめる。この頃、「LE BAL」の仲間と新宿界隈を飲み歩く。なかでもバー「自己陶酔亭（ナルシス）」によく行く。後年、エッセイに繰り返し登場するこの「ナルシス」は、堀田善衞と知り合い、東条内閣の組閣を知り、仲間たちと詩や文芸をめぐって議論を戦わせた場所であり、戦後、歌舞伎町に移ってからも長らく彼らの溜まり場であり続けた。

四月、「LE BAL」第二十二輯に詩「お化けの伝説——彼の悲劇とその終焉」を発表。

八月、「LE BAL」第二十四輯に詩「アタマ島」を発表。「新領土」第七巻第四十号に詩「私の島はあなたの島ではない」を発表。

九月、「新領土」第七巻第四十一号に詩「むかし　人情の如く鶯が啼いた」を発表。同月、出版物の統制強化に伴う情報局の指令によって、「LE BAL」は「詩集」と改題される。

十月、「新領土」第七巻第四十二号に詩「不思議な一夜を過ぎて」を発表。

十一月、「詩集」第二十五輯に詩「不思議な一夜を過ぎて」を発表。

この年、研究社から出たT・S・エリオットの『荒地』を北村常夫の注釈本によって原文で読み、日本語では経験しえない語の使用法を知って感動する。ちなみに最初に読んだ日本語訳は「新領土」昭和十三年八月号に掲載された上田保訳。

昭和十六年　一九四一年　十八歳

三月、「詩集」第二十六輯に「海霧のある村里」を発表。

四月、明治大学文科文芸科に入学。科長は小説家の豊島与志雄、講師陣に小林秀雄（日本文化史）、中野好夫（英文学）、斎藤正直（フランス文学）、阿部知二（現代小説）、長与善郎（現代文化）、舟橋聖一（日本文学）、土屋文明（短歌）、三宅周太郎（歌舞伎・人形浄瑠璃）、萩原朔太郎（詩）らがおり、小林秀雄と長与善郎には特に学ぶところが多かった。萩原朔太郎の講義には一度しか出席しなかった。同月、森川義信が丸亀歩兵聯隊に入営する。

五月、「新領土」終刊。

七月、「文藝汎論」第十一巻第七号に詩「八十八夜」を発表。「詩集」第二十七輯に詩「春雨」を発表。

八月、牧野虚太郎死去。

夏、祖父と飯坂温泉に旅行する。

十月、月刊誌になった「詩集」十月号に「息子が手紙を書き終わったら　時雨がきた」を発表。

この頃、友人のつてで築地小劇場や新橋演舞場の出し物を無料で見学し、芝居のレパートリィの幅が広がる。

十二月八日、太平洋戦争が始まる。この日、日劇小劇場でオーストリア映画「モナリザの失踪」を観る。

この年の四月以降、大塚花街の甘味処の倅で詩人の志沢正躬に連れられて平林敏彦が春から下宿していたと思われる田村を訪ねる。

昭和十七年　一九四二年　十九歳

二月、中桐雅夫が岡山聯隊に応召も、四月に兵役免除となって除隊する。

春、祖父と南紀へ旅行する。南海電鉄の車中で初めてトーマス・マンの『トニオ・クレーゲル』を読んで感動し、その虜になる。

六月、「詩集」六月号に詩「樹について」を発表。

八月、ビルマのミートキーナにて森川義信が戦病死、享年二十四。

九月、「詩集」の九月号に詩「寄港地」を発表。「詩集」(LE BAL)は、この号をもって事実上、終刊となる。

十月、近衛歩兵第四聯隊に入営する鮎川信夫を疋田寛吉、三好豊一郎、中桐雅夫とともに千駄ヶ谷の駅まで見送る。森川のビルマでの戦病死、鮎川が入営と、年長の文学仲間を相次いで失い、小説を乱読するとともに古典落語に熱中、噺家になろうとするが、背が高すぎるので断念。疋田に教えられて「桂文楽の会」、「可楽を聴く会」に通い始め、文楽や三笑亭可楽の落語に夢中になる。後者には安岡章太郎の姿があったことを後年になって知る。

この年、大学祭でチェーホフ作「煙草の害について」を独演する。

昭和十八年　一九四三年　二十歳

十月、文科系学生の徴兵猶予が停止となり、豊島公会堂で徴兵検査を受けて第一乙種合格。秋、疋田寛吉に連れられて三笑亭可楽の家を訪問。俳人でもある可楽から句を贈られるが、疋田への句が秋らしい句なのに、自分のは縁起かつぎのおめでたい句でがっかりする。

十二月十日、北村太郎とともに武山《たけやま》の横須賀第二海兵団に臨時徴集現役兵として入団。スタンダールの『アンリ・ブリュラールの生涯』、ランボーの『地獄の季節』、祖父から餞別として贈られた永井荷風の『濹東綺譚』、本居宣長の本を持参するが、武山の海兵団に向かう途上、宣長以外の本は葉山の長者ヶ崎から海中に投棄する。同期に『戦艦大和ノ最期』の著者、吉田満、俳優の西村晃がいた。

昭和十九年　一九四四年　二十一歳

一月、第十四期海軍予備学生試験に合格。

二月、土浦海軍航空隊へ。搭乗員試験の精密検査で不合格となり、二週間後、飛行要務士官としての教育訓練を受けるため、桜島や錦江湾を望む鹿児島海軍航空隊に転出。鹿児島では暗号通信の教官に矢内原伊作（哲学者）がいた。

四月、祖父と母が軍刀を届けに鹿児島を訪れ、当時、海軍のクラブだった城山の岩崎谷荘で面会する。

九月、鹿児島海軍航空隊にて約十カ月の予備学生教程を修了後、滋賀海軍航空隊に予科練の教官として着任する。

昭和二十年　一九四五年　二十二歳

一月、二日に一時、帰京。寄席「鈴本」に寄り、桂文楽を伴って帰宅する。葬式用の写真を撮って家族に別れを告げ、四日の早朝に帰隊。その後、同期は次々と特攻基地へ赴くが、田村は敗戦まで滋賀海軍航空隊から転出しなかった。

二月、軍の緊急措置によって鈴む良が取り壊され、五月二十五日の東京大空襲で完全に焼失する。

五月、京都南座で十五代目市村羽左衛門の「弁天小僧」、新京極で「淡谷のり子ブルース大会」を観る。

七月、本土決戦に備えて陸戦隊が結成され、噴進砲中隊の中隊付士官として天橋立に近い宮津市栗田《くんだ》の神宮寺に駐屯。田村が赴任した先はいずれも風光に恵まれた景勝の地だった。

八月十五日、神宮寺のラジオで玉音放送を聞き、敗戦を知る。残務整理の後、同月末、京都の日本画家、坂本松風夫妻宅に寄寓し、米一斗と退職金四千円が尽きるまで飲み歩く。この間、松風の案内で奈良に遊ぶ。

九月下旬、帰京。父の実家のある埼玉県羽生町の松本まつ方に離れを借りて住む。

十二月、田園調布の借家に引っ越す。この頃、家が近いこともあって自由が丘の佐藤義美を頻繁に訪ねる。

昭和二十一年 一九四六年 二十三歳

五月、平林敏彦、柴田元男らの「新詩派」に参加する。

六月、詩誌「新詩派」創刊号に詩「石」「翳」を発表。

七月、「新詩派」七月号に詩「紙上不眠」を発表。大塚の生家の隣に転居する。

九月、福田律郎らが創刊した詩誌「純粋詩」第七号に詩「審判」を発表。

十二月、「純粋詩」第十号に詩「坂に関する詩と詩論――一九四六年秋」「出発」を発表。

この年、京橋区銀座西八の三の三、新橋の電通通りに面した新刊本屋の三壺堂の二階にあった日の出書房に入社し、絵本の編集に携わる。

昭和二十二年 一九四七年 二十四歳

一月、「純粋詩」第十一号に詩「生きものに関する幻想」「不在証明」を発表。

三月、「純粋詩」第十三号に詩「目撃者」を発表。

四月、第一回純粋詩人賞作品賞を受賞する。

五月、「純粋詩」第十五号に詩「春」を発表。

六月、「純粋詩」第十六号に詩「黒」を、「新小説」六月号に詩「坂について」を発表。

七月、「VOU」第三十二号に詩「暗い誕生日」を発表。

八月、「ルネサンス」第六号に詩「手品使ひ」を発表。

九月、月刊「荒地」を創刊。A5判二十四頁。第一、二号は田村を編集人として岩谷書店から、第三号以降は黒田三郎の編集で東京書店から計六冊を刊行、終刊号のみ北村太郎が編集した。創刊同人は二人のほか、鮎川信夫、中桐雅夫、北村太郎、木原孝一がいる。

十一月、「荒地」第二号で「西脇順三郎特集」を組んだ折、木下常太郎に伴われて渋谷区元広尾町の西脇順三郎を初めて訪ねる。

昭和二十三年　一九四八年　二十五歳

一月、「文藝大學」第二号に詩「腐刻画」などを発表。同月、「荒地」第五号に詩「冬の音楽」を発表。

二月、「詩学」二、三月合併号に詩「皇帝」を発表。

五月、「cendre」第二号に詩「倦怠」を、「ルネサンス」第九号に詩「祝福」を発表。

六月、月刊「荒地」が終刊となる。

十一月、鮎川信夫の妹、上村康子と結婚。

この年、日の出書房を退社。同年中は鮎川信夫、北村太郎、黒田三郎、木原孝一とともに「VOUクラブ」に所属する。

昭和二十四年　一九四九年　二十六歳

一月、「綜合文化」一月号に詩「部屋」を発表。

四月、「詩学」四月号に詩「序章」を発表。

この年（または翌年）、国立町中区二三五に家を建てて転居し、三年ほど住む。

昭和二十五年　一九五〇年　二十七歳

一月、「VOU」第三十四号に詩「黒い一章」を発表。

六月、朝鮮戦争勃発。

八月、祖父、重太郎死去、享年八十二。

この頃、加島祥造の勧めで創業して間もない早川書房が出版する「世界傑作探偵小説シリーズ」の翻訳を手がけ始める。

昭和二十六年　一九五一年　二十八歳

一月、「詩学」一月号に詩「合唱」を発表。

二月、「世界傑作探偵小説シリーズ」の一冊として、最初の翻訳書となるアガサ・クリスティ『三幕の殺人』が刊行される。

六月、同シリーズのアガサ・クリスティ『予告殺人』（早川書房）が刊行される。

八月、大蔵省の外郭団体である大蔵財務協会に就職、法人税法の月刊雑誌「ファイナンス・ダイジェスト」の編集に従事。同僚に有吉佐和子がいた。年刊アンソロジー『荒地詩集一九五一』

（早川書房）に「腐刻画」「皇帝」「正午」などを収録。編集は北村と田村。この頃、堀田善衞に早川書房で再会を果す。

昭和二十七年　一九五二年　二十九歳

一月、「世界傑作探偵小説シリーズ」のアガサ・クリスティ『山荘の秘密』（早川書房）が刊行される。同月、「詩学」一月号に詩「幻を見る人（その一）」を発表。

二月、大蔵財務協会を退職する。

春、早川書房を退職した伊藤尚志（「荒地」同人）が出版社を設立、田村が「荒地出版社」と命名する。当時、早川書房には「荒地」同人の高橋宗近も在職していた。

六月、『荒地詩集一九五二』（荒地出版社）に「立棺」などを収録。

昭和二十八年　一九五三年　三十歳

一月、『荒地詩集一九五三』（荒地出版社）に「*Nu*」などを収録。

七月、朝鮮戦争休戦。同月、加島祥造の推薦により早川書房に入社、責任編集長としてハヤカワ・ポケット・ミステリの企画・編集に携わり、江戸川乱歩や植草甚一のもとに足繁く通う。編集長として田村が手がけたミステリは約百冊、自身もアガサ・クリスティやロアルド・ダールの翻訳を行い、戦後のミステリ普及に大きな足跡を残す。同月、『詩と詩論1』（荒地出版社）が刊行され、鮎川、中桐らとともに座談会「現代詩人論」に出席。

九月、ハヤカワ・ポケット・ミステリの刊行が始まる。

昭和二十九年 一九五四年 三十一歳

二月、『荒地詩集一九五四』（荒地出版社）に「幻を見る人（その二）」「叫び」などを収録。この一九五四年版で吉本隆明が新人賞を受賞。

三月、「鈴む良」が高田馬場に支店を出す。

五月（十一日）、胃潰瘍で慶應病院に入院し、胃の三分の二を切除する。

七月、『詩と詩論2』（荒地出版社）に詩「四千の日と夜」を発表。

八月、「鈴む良」の高田馬場支店が閉店。

昭和三十年 一九五五年 三十二歳

四月、『荒地詩集一九五五』（荒地出版社）に「三つの声」などを収録。同月、妻と協議離婚。

九月、『ポエム・ライブラリー』の「私はこうして詩を作るII」（東京創元社）に初めて自作の詩を解読する「路上の鳩」を発表。

この年、鈴む良が廃業する。

昭和三十一年 一九五六年 三十三歳

三月、鮎川信夫論「地図のない旅」を「文章倶楽部」に発表。同月、東京創元社の編集者で詩人の知念榮喜の企画で処女詩集『四千の日と夜』（東京創元社）が刊行される。

四月、早川書房に生島治郎が入社、以後、一年数カ月、編集長だった田村の下で仕事をする。田村はその後まもなく「エラリイ・クイーンズ・ミステリ・マガジン（ＥＱＭＭ）」の編集長として招かれた都筑道夫とともに同誌の編集に従事する。

十月、『荒地詩集一九五六』（荒地出版社）に「細い線」などを収録。

この頃、山本太郎、飯島耕一、谷川俊太郎、大岡信、白石かずこら、戦後の詩人たちを知る。

この年、黒田三郎とともに「歴程」の同人になる。

昭和三十二年　一九五七年　三十四歳

四月、『荒地詩選』（一九五一〜一九五五）に「田村隆一集」としてこれまでに発表した詩二十五篇を収録。

五月、「詩学」五月号で田村隆一特集が組まれる。この小特集は毎号「詩人研究」と題して詩人を一人ずつ取り上げるもので、詩「星野君のヒント」「幻を見る人」「立棺」と飯島耕一の詩人論が掲載される。

七月、早川書房を退社。同月、三野信子と結婚。媒酌人を江戸川乱歩夫妻、発起人総代を西脇順三郎として、日比谷に開業したての日活国際ホテルで式を挙げる。森繁久彌、桂文楽など、多彩な参列者は詩人の交友の広さをうかがわせた。引き出物は森繁久彌の「船頭小唄」と江戸川乱歩が歌う「城ヶ島の雨」が入った特注のレコード。同月、新婚旅行で北海道を訪れ、河郁文一郎の世話で札幌に滞在する。

八月、信州松本、浅間温泉の加島祥造の下宿（松本市外浅間温泉西牧方）にて過ごす。

九月、河邨文一郎に連れられて吉祥寺の金子光晴を訪ね、金子宅で八ミリ映画を撮る。タイトルは「カルメン」、主人公カルメンを光晴、田村がドン・ホセ、森乾が闘牛士、牛を森三千代が演じた。金子宅の訪問から三日後に喀血し、埼玉県鳩ヶ谷市の鳩ヶ谷病院に入院。大塚の生家を去る。

十月、『荒地詩集一九五七』（荒地出版社）に「天使」などを収録。

昭和三十三年　一九五八年　三十五歳
二月、筑摩書房版『現代日本文学全集』第八十九巻に「田村隆一詩集」が収録される。
十二月、『荒地詩集』（荒地出版社）が一九五八年版をもって終刊。
この年、北区中十条三の三〇に転居。

昭和三十四年　一九五九年　三十六歳
春、鳩ヶ谷病院を退院。

四月、飯島耕一の紹介で神田小川町の珈琲店デミアンにて吉岡実と会う。

八月、宗左近の紹介により、伊那盆地の城下町、飯田市の開善寺で二カ月間過ごす。

九月、鮎川信夫、上田保、村野四郎との座談会「モダニズムの功罪」が詩誌「無限」に掲載される。この月、書肆ユリイカ版『現代詩全集』第三巻に「田村隆一集」が収録される。

昭和三十五年　一九六〇年　三十七歳

八月、詩誌「ユリイカ」で「荒地」の詩人たちの戦前、戦中を描く「若い荒地」の連載が始まる。

九月、草野心平らと福島県双葉郡川内村の長福寺を訪れる。

十月、北多摩郡保谷町下保谷一五二、民族学博物館裏に転居。

十二月、『現代日本名詩集大成』第十巻（東京創元社）に、詩集『四千の日と夜』が収録される。

昭和三十六年　一九六一年　三十八歳

二月、伊達得夫の急逝（享年四十）により第一次「ユリイカ」が終刊し、「若い荒地」の連載も中断する。

十月、妻と協議離婚。

この年、文京区谷中初音町三の三一へ転居。以後、保谷の家には両親と弟夫婦らが住み、自身はこの年から三年間、群馬県長野原町北軽井沢の山荘で過ごす。

昭和三十七年　一九六二年　三十九歳

五月、河出書房の「文藝」五月号に詩「見えない木」を発表。

七月、雑誌「秩序」八月号のための詩「言葉のない世界」を書き上げ、該当号の編集担当である菅野昭正に手渡す。翌月、同誌が刊行される。

九月、山口瞳編集のサントリーのPR誌「洋酒天国」の表紙モデルになる。写真は葉山の海岸で撮影。

十二月、詩集『言葉のない世界』(昭森社)を刊行。

この頃、保谷の家に行く途中、上石神井に住む飯島耕一や粟津則雄の家に度々立ち寄る。

昭和三十八年　一九六三年　四十歳
一月、思潮社の「現代詩手帖」一月号に詩「栗の木」「西武園所感」を発表。

四月、詩集『言葉のない世界』で高村光太郎賞を受賞する。

五月、「週刊読書人」に『西脇順三郎全詩集』評を書く。

六月、岸田衿子と結婚。同月(ないし七月初め)、日本交通公社発行の月刊誌「旅」に寄稿するため、岸田と小諸から小海線に沿って佐久平、野辺山、清里、さらに木曾まで足をのばす。

七月、河邨文一郎の世話で札幌に三カ月滞在する。「文藝」七月号に詩「恐怖の研究」を発表。

八月、札幌医科大学附属病院で長男、未知が生まれる。

昭和三十九年　一九六四年　四十一歳
五月、鮎川信夫、吉本隆明との鼎談「われわれは何を目指すか」が「現代詩手帖〈特集　荒地〉」に掲載される。

この年の春から夏の終わり頃までの数カ月間、長野県中野市の北信総合病院で療養する。

昭和四十年　一九六五年　四十二歳

秋、谷中初音町から西落合に転居。近くに瀧口修造の家があり、飯島耕一の紹介で瀧口との交流が始まる。

昭和四十一年　一九六六年　四十三歳

三月、戦後二十年の全作品を編んだ『田村隆一詩集』が三分冊（『四千の日と夜』／『言葉のない世界』／『腐敗性物質・恐怖の研究』）で思潮社から刊行される。そのうちの「腐敗性物質」は書き下ろし。

五月、「現代詩手帖」五月号に詩「緑の思想」を発表。

六月、中断していた「若い荒地」の連載を「現代詩手帖」誌上で再開する。

九月、神奈川県伊勢原町笠窪三九九中村方に転居。

この年、篠田一士の薦めにより都立大学（現・首都大学東京）に非常勤講師として出講する。

昭和四十二年　一九六七年　四十四歳

四月、鮎川信夫、中桐雅夫、三好豊一郎との座談会「若い荒地を語る」が「現代詩手帖」に掲載され、のちにエッセイ集『若い荒地』（思潮社）に収録される。

五月、『現代詩大系』第四巻に「恐怖の研究」ほか十四篇が収録される。

夏、志沢正躬（詩人）の一周忌に出席し、平林敏彦と旧交を温める。

九月、詩集『緑の思想』を思潮社より刊行。

十一月、新宿の樽平にて渡米する田村の歓送会が催され、西脇順三郎、安藤一郎、鮎川信夫、三好豊一郎、北村太郎、飯島耕一、新倉俊一らが出席する。

十二月、倉橋由美子夫妻の推薦により、アイオワ州立大学のインターナショナル・ライティング・プログラムに客員詩人として招かれ、単身で渡米。翌年の四月三十日まで滞在する。

昭和四十三年　一九六八年　四十五歳
一月、「現代詩文庫」（思潮社）の第一冊目として刊行された『田村隆一詩集』をアイオワにて受け取る。

二月、厳冬のシカゴに三日間滞在、セントクレアホテルに宿泊。シカゴ美術館でゴッホの「黄色い部屋」を見る。同月、ミネソタ州ミネアポリス近くのカートン・カレッジを訪れ、自作詩を朗読する。

五月、アイオワ生活を終える。帰路、三浦朱門、曾野綾子夫妻とともにシカゴから大陸横断鉄道に乗って西海岸へ。ロサンゼルスで二泊し、ハワイに立ち寄って帰国する。同月、三鷹市大沢に転居。

十月、「荒地」の詩人たちの軌跡をたどった『若い荒地』（思潮社）を刊行。

十二月、恩師の佐藤義美死去、享年六十三。

昭和四十四年　一九六九年　四十六歳

六月、季刊「都市」（都市出版社）の刊行準備に入る。

七月、青土社から「ユリイカ」が復刊される。同月、妻と協議離婚。

八月、高田和子と結婚。同月、都市出版社の開業祝いを催す。社名は田村による命名。同月（ないし九月初旬）、都市出版社に近い渋谷区参宮橋に転居する。

十二月、田村隆一編集の季刊「都市」（都市出版社／B5変形判）が創刊され、記念講演と朗読会が開催される。以後、本号を四冊、別冊一冊を出して廃刊。同月、思潮社より『緑の思想』以降の未刊詩篇と詩論、エッセイを集めたアンソロジー『詩と批評A』を刊行する。

昭和四十五年　一九七〇年　四十七歳

二月、大阪万国博覧会の仕事に関わり、落成式に出席する。伏見稲荷に参拝し、帰途、琵琶湖ホテル旧館に宿泊。

春、渋谷区初台に転居。

八月前後、都市出版社を退社する。同月、鎌倉市材木座に転居。

九月、『詩と批評B』（思潮社）を刊行。

秋、神奈川県立近代美術館でムンク展を見る。

十一月、肝臓を患い、鎌倉市御成町の佐藤病院に一カ月半入院、海軍出身の高橋猛典院長と親しくなる。以後、肝臓の休養と酒の上の度重なる骨折で同病院に度々入院。同月、病床で三島由紀夫の自決を知る。

昭和四十六年　一九七一年　四十八歳

三月、アメリカ詩人アカデミーの招きで谷川俊太郎、片桐ユズルとともに渡米し、約二カ月滞在。そのうちの一カ月はニューヨークの東二十八丁目十四番地にあるプリンスジョージホテルに滞在する。この間、各地で詩の朗読を行い、ニューヨークでは三月十六日、グッゲンハイム美術館での朗読会に参加、宮沢賢治の英訳詩を読んだゲーリー・スナイダーと知り合う。この時の朗読はアメリカでレコードになっている。また、ニューヨーク滞在中、イースト・ヴィレッジのアパートにW・H・オーデンを訪ねる。以後、ハーバード大学、プリンストン大学、アイオワ州立大学、サンフランシスコの州立大学やカリフォルニア大学バークレー校で朗読を行い、五月に帰国。アイオワでは、インターナショナル・ライティング・プログラムの客員詩人として滞在中の吉増剛造のアパートに転がり込み、二十日間滞在する。

五月、西脇順三郎、高見順夫人、会田綱雄、吉岡実、新倉俊一、鍵谷幸信、江森國友と鎌倉にて懇談。

十一月、鎌倉市稲村ガ崎の借地に家を建てて転居。新倉俊一を通じて西脇順三郎に表札を書いてもらう。同月、吉増剛造とマリリアの結婚式の媒酌人を務める。

十二月、自選詩集『腐敗性物質』（立風書房）を刊行。

この年、アメリカでタカコ・ウチノ・レントによる英訳詩集『World Without Words』（The Ceres Press）が刊行される。

昭和四十七年　一九七二年　四十九歳

春、吉増剛造夫妻を頼って来日したアイオワの詩人、ローレンス・リバーマンと家族の世話を半年間する。

七月、季刊「本の手帖」第二号に詩「リバーマン帰る」を発表。

八月、「無限」第二十九号の「西脇順三郎特集」の座談会に西脇順三郎、入沢康夫、大岡信と出席。献詩「灰色の菫──西脇順三郎先生へ」も寄稿。

十二月、『詩と批評C』（思潮社）を刊行。

この年、アメリカでハリー・ゲストとリン・ゲスト、加島祥造の共訳によるアンソロジー『Post-War Japanese Poetry』（Penguin Books）が刊行され、英訳作品三篇が収録される。

昭和四十八年　一九七三年　五十歳

一月、河出書房新社の「文藝」新年号に詩「新年の手紙」を発表。

二月、角川文庫版『全集・戦後の詩』第一巻に「幻を見る人」ほか十七篇が収録される。

三月、詩集『新年の手紙』（青土社）を池田満寿夫の装幀で刊行。同月、滋賀県坂本の日吉大社で催された「予科練の会」に出席。翌日、京都南禅寺を経て飛行機で福岡に行き、博多の友人宅に泊まる。翌日、小倉で森鷗外の旧居を見た後、神戸、大阪、名古屋と回って帰京。

四月頃、稲村ガ崎の新居を吉岡実と会田綱雄が訪れる。

五月、「ユリイカ」の田村隆一特集の企画で飯島耕一と対談する。同月、月刊誌「旅」（日本交通公社出版事業局）の取材で隠岐へ。

九月、W・H・オーデン死去、享年六十六。「朝日新聞」に追悼文を書く。

十月、四日から十七日まで月刊誌「旅」の取材でインドを旅行し、ボンベイを経て帰国。同月、第四次中東戦争が勃発。

十一月、対談集『青い廃墟にて』（毎日新聞社）を刊行。

昭和四十九年　一九七四年　五十一歳
四月、「別冊小説新潮」の企画「四つの思い出の土地を訪ねる「旅」」の第一回目として若狭へ。京都から浜大津へ出て、琵琶湖沿岸を北上。江若街道で若狭に入り、小浜に一泊。翌日、海軍士官として終戦を迎えた栗田の神宮寺を訪ねる。

夏、信州飯田の開善寺を再訪する。

九月、アメリカ文化センターにてアメリカの作家、ジョン・ガードナーとの対談のため、英米文学者の金関寿夫とともに大阪を訪れる。

十月、父、友次郎死去、享年七十九。通夜の日に丸谷才一、富岡多恵子と相次いで対談を行う。

十二月、無限賞（第二回）の選考委員になり、その積極的な推薦で『天野忠詩集』（永井出版企画）が受賞。翌年の「無限」春季号に一文を寄せる。同月、対話集『泉を求めて』（毎日新聞社）を刊行。

この年、アメリカのカリフォルニア大学から木島始編の英訳アンソロジー『The Poetry of Postwar Japan』が刊行され、英訳作品九篇が収録される。

昭和五十年　一九七五年　五十二歳

一月、「文藝」新年号から連作詩「死語」の連載が始まる（〜十二月号）。同月、「別冊小説新潮」の連載最終回として寝台特急「あさかぜ」で鹿児島へ。鹿児島海軍航空隊当時の上官に会う。

三月、「新領土」以来、長きにわたって田村を高く評価し続けてきた村野四郎死去。享年七十三。

同月、歴史家の奈良本辰也と対談するために京都へ行く。同月、第五回高見順賞授賞パーティに選考委員として出席。授賞作は飯島耕一『ゴヤのファースト・ネームは』（青土社）。

三月、二度目のインド旅行。ガンジス河流域のアラハバード、ベナレスを経てカルカッタ、さらにネパールまで足をのばし、ポカラからアンナプルナはじめ、ヒマラヤの高峰と対面する。バスでカトマンズへ戻り、空路デリー経由で帰国。同月、エッセイ集『ぼくの遊覧船』（文藝春秋）を刊行。

四月、成蹊大学の欅祭に招かれる。その後、近くに住む金子光晴を訪ねる。

五月、京都で開催されたシンポジウム「20世紀の様式」に出席。

六月三十日、金子光晴死去。享年七十九。「ユリイカ」八月号に追悼文「泥と水についての感想と連想」、「現代詩手帖」九月号に追悼文「金子光晴のイロニー」、「文藝」九月号に追悼詩「迷宮──光晴先生に」を発表。同月、エッセイ集『青いライオンと金色のウイスキー』(筑摩書房)を刊行。

七月、沖縄国際海洋博覧会に政府が出展した海洋文化館の招待で、詩人の吉原幸子と川崎洋、モダンダンスの山田奈々子とともに沖縄へ。

十一月、越前へ旅行。

十二月、「旅」の仕事で新潟に行く。同月、小金井市の聖ヨハネ会桜町病院に入院、翌年の七草までいる。

昭和五十一年　一九七六年　五十三歳
一月、アガサ・クリスティ死去、享年八十五。

二月、詩集『死語』(河出書房新社)を刊行。紀行文集『インド酔夢行』(日本交通公社出版事業局)を刊行。

四月、エッセイ集『ぼくの交響楽』(文藝春秋)を刊行。

五月、エッセイ集『詩人のノート』(朝日新聞社)を刊行。同月、浅草三社祭の宮出しを初めて見る。

秋、桜町病院に二度目の入院。

十一月、対談集『あたかも風のごとく』（風濤社）を刊行。

十二月、河出書房新社から五冊の既刊詩集と長篇詩「恐怖の研究」、詩篇「腐敗性物質」を収録した初の全詩集『詩集1946〜1976』を刊行。

昭和五十二年　一九七七年　五十四歳

五月、桜町病院に健康診断をかねて三週間入院する。

六月、日仏会館ホールにて開かれた「面白半分」主催の第二回光晴忌「ああ金子光晴」に出席、田中小実昌、野坂昭如らとスピーチを行う。

十一月、サンケイ文芸教室主催の「文芸懇談会」に招かれて大阪へ。十三日の夜は阿部昭と京都泊。十四日、同志社大学にて高見順について講演後、帰京。この旅行中、「芸術新潮」編集部から吹田の国立国際美術館に転職したばかりの建畠哲夫妻と会食。同月、「文藝」十一月号に詩「毎朝　数千の天使を殺してから」を発表。同月、『現代詩文庫／新選田村隆一詩集』（思潮社）を刊行。

昭和五十三年　一九七八年　五十五歳

一月、詩集『誤解』（集英社）を刊行。同月、第八回高見順賞授賞パーティに出席。粒来哲蔵の受賞作『望楼』（花神社）のためにスピーチを行う。

二月、エッセイ集『書斎の死体』（河出書房新社）を刊行。

三月、『詩集 1946～1976』により第五回無限賞を受賞。

六月、集英社と西日本新聞社の共催による「高校生のための文化講演会」のために長崎へ。二日間にわたって佐世保市内の三つの高校で「詩と青春」と題して講演する。

七月、対談集『砂上の会話　田村隆一対談』（実業之日本社）を刊行。

十月、『詩と批評E』（思潮社）を刊行。同月、エッセイ集『ジャスト・イエスタディー』（小沢書店）を刊行。

昭和五十四年　一九七九年　五十六歳

一月三十一日～二月二日、宮城教育大学での講演のために仙台へ。

三月五日、スコッチウイスキーの取材旅行でスコットランドへ。ロンドン、エジンバラ、アイレイ島を回った後、フェリーでドーバー海峡を渡り、パリまで足をのばす。

八月、三月の旅の成果としてイギリス紀行『ウイスキー讃歌――生命の水を求めて』（平凡社カラー新書）を刊行。

九月、木原孝一死去、享年五十七。葬儀委員長の依頼は断り、最も遅く焼香に訪れてすぐに立ち去る。同月、エッセイ集『鳥と人間と植物たち』（主婦の友社）を刊行。

十二月、雑誌「面白半分」の十二月臨時増刊「さて、田村隆一。」が刊行される。

この年、「小説推理」の連載エッセイ「半七捕物帳を歩く　ぼくの東京遊覧」のために七九年新年号から八〇年にかけて、写真家の高梨豊と東京の町を巡り歩く。

昭和五十五年　一九八〇年　五十七歳
一月、都下、小金井市に転居して一年ほど住む。同月、黒田三郎死去、享年六十。「ユリイカ」二月号に追悼詩「桜島」を発表。同月、中央公論社の文芸誌「海」に連作詩「5分前」の連載を開始（〜八二年三月号）。

三月、詩集『水半球』（書肆山田）を刊行。

五月、エッセイ集『性的経験』（潮出版社）を刊行。

七月、エッセイ集『ぼくの憂き世風呂』（集英社）を刊行。

十二月、エッセイ集『ぼくの中の都市』（出帆新社）を刊行。エッセイ集『半七捕物帳を歩く　ぼくの東京遊覧』（双葉社）を刊行。

この年、映画「四季・奈津子」（東陽一監督）に詩人田村隆一役で出演する。

昭和五十六年　一九八一年　五十八歳
三月、エッセイ集『もっと詩的に生きてみないか』（PHP研究所）を刊行。

六月、池田満寿夫の挿画による詩集『小鳥が笑った』（かまくら春秋社）を刊行。

七月、「ユリイカ」七月号に詩「1999」を発表。

九月、金子光晴傘下の雑誌「あいなめ」第十三号に「三浦海岸にて——光晴先生に」を発表。

秋、新潟へ旅行。

十月、鎌倉御成町の佐藤病院に入院する。同月、紀行文集『詩人の旅』（PHP研究所）を刊行。

昭和五十七年　一九八二年　五十九歳

一月、「文藝」新年号から連作詩「陽気な世紀末」の連載が始まる（〜十二月号）

四月、詩集『スコットランドの水車小屋』（青土社）を刊行。同月（または五月）、神奈川県立近代美術館にて「ホルスト・ヤンセン展」を種村季弘と見る。

六月五日、西脇順三郎死去、享年八十八。「新潟日報」に追悼文「人類の夏至——西脇順三郎先生の精霊に」、「ユリイカ」七月号に追悼詩「ワインレッドの夏至」、「現代詩手帖」七月号に追悼エッセイ「哀」が掲載される。同月、詩集『5分前』（中央公論社）を刊行。

八月、「日本経済新聞」の文化欄に西脇順三郎と英文学者の青木雄造をめぐるエッセイ「梅雨と黄昏」を発表。

十二月、鮎川信夫と自宅にて行った対談が「現代詩手帖」八三年一月号に掲載される。

昭和五十八年　一九八三年　六十歳

一月、「朝日新聞」道内版に青函トンネルのパイロット・トンネルの開通祝いの詩を書くため、津軽海峡を青函連絡船で渡り、北海道へ。津軽半島に「外ケ浜」という地名があることを知る。

同月、「文藝」新年号より連作詩「奴隷の歓び」の連載を開始（〜八四年五月号）。

二月、新劇俳優の信欣三と対談を行う。

三月、無限アカデミーで講演。

四月、還暦パーティが神田駿河台の山の上ホテルにて盛大に催される。その日より鎌倉市二階堂二四七の九に住む。同月、詩集『陽気な世紀末』（河出書房新社）を刊行。

六月、詩誌「洗濯船」同人の城戸朱理、広瀬大志らが明治大学詩人会が刊行する雑誌の編集委員を依頼するため訪ねてくる。奈良原一高の写真と田村の詩による『空気遠近法——写真と詩によるヴェネチア』（東京現代版画工房）が刊行される。同月、中央公論社からシリーズ『現代の詩人3　田村隆一』が刊行される。

八月十一日、中桐雅夫死去、享年六十三。「海」十月号に追悼詩「中桐雅夫」、「現代詩手帖」十月号に追悼詩「動かない頬」、「ユリイカ」九月号に「イミテイション」を発表。「海」の追悼詩には中桐追悼の小文を付す。

九月、大阪市に招かれて講演。佐藤悦子を同行し、三重県鈴鹿市の佐藤の実家に赴き、菩提寺（龍光寺）に墓参。帰途、志摩から三河湾を横断して蒲郡へ出て帰宅。

この年、東京都大田高等保育学院歌「星になるのに」を作詞。また、蝶矢のワイシャツのポスターに登場、キャッチコピーは「言葉なんかおぼえるんじゃなかった」。

昭和五十九年　一九八四年　六十一歳

六月、「文藝」六月号から連作詩「まだ眼が見えるうちに」の連載を開始（～八五年末）。

七月、ミステリーの案内書『田村隆一ミステリーの料理事典』（三省堂）を刊行。

八月、鎌倉の花火大会を見るために登った稲村ガ崎の由比ヶ浜崖上で転倒。鎖骨を折って佐藤病院に入院。その後に膝も負傷する。

十月、詩集『奴隷の歓び』（河出書房新社）を刊行。

この年、アメリカのオークランド大学からクリストファー・ドレイクの訳による日米対訳田村隆一詩集『Dead Languages: Selected Poems 1946-1984』（Katydid Books）が刊行される。

昭和六十年　一九八五年　六十二歳

一月、雑誌の仕事で房総半島へ旅行。館山で一泊。

二月、『奴隷の歓び』で読売文学賞を受賞。斎藤正直と新倉俊一を招いて乾杯する。

三月、詩集『ワインレッドの夏至』（集英社）を刊行。

十一月、エッセイ集『ぼくが愛した路地』（かまくら春秋社）を刊行。

昭和六十一年　一九八六年　六十三歳

一月、エッセイ集『土人の唄』（青土社）を刊行。

三月、詩集『毒杯』（河出書房新社）を刊行。

十月十七日、鮎川信夫死去、享年六十六。「ユリイカ」十二月号に追悼詩「死んだ男」、現代詩読本『さよなら鮎川信夫』（同年十二月・思潮社）に追悼詩「秋」、「現代詩手帖」八七年二月号の特集「鮎川信夫の〈戦後〉」にインタビュー「またあおうね、きみ。」が掲載される。

昭和六十二年　一九八七年　六十四歳
四月、TOKIO KUMAGAI のファッションショーにモデルとして出演する。
七月、詩集『ぼくの鎌倉八景　夜の江ノ電』（沖積舎）を刊行。

昭和六十三年　一九八八年　六十五歳
二月、『詩集 1946〜1976』に続く第二全集『詩集 1977〜1986』（河出書房新社）を刊行。『誤解』以降『毒杯』までの八つの詩集が収録される。

四月、エッセイ集『ぼくのピクニック』（朝日新聞社）を刊行。

五月、〈連続インタビュー・「戦後詩」以後〉の一つとして「現代詩手帖」五月号に城戸朱理によるロングインタビューが掲載される。同月、読売放送のテレビ番組「11PM」の仕事で大阪へ。帰途、近鉄で奈良へ出て奈良ホテルに泊まり、タクシーで琵琶湖へ。琵琶湖ホテルに宿泊し、小浜、越前岬を回って帰宅する。

八月、詩集『生きる歓び』（集英社）を刊行。同月、映画「ダウンタウンヒーローズ」（山田洋次監督）に高校教師役で出演する。

十月、協議離婚。

十一月十二日、草野心平死去、享年八十五。翌年の三月に刊行された現代詩読本『草野心平　るるる葬送』（思潮社）に、一九六六年刊行の『草野心平詩集』（彌生書房）の解説の再録を了承する。

平成元年 一九八九年 六十六歳
三月十八日、佐藤悦子を入籍する。

五月、NHKのETV特集で母校の巣鴨小学校を舞台にした「シリーズ授業・詩を書いて知らない自分を見つけよう 田村隆一——豊島区立巣鴨小学校」が放映される。

十月、『町の音・町の人 田村隆一対談エッセイ』(作品社)を刊行。

十一月、「旅」の仕事で津軽半島の小泊、十三湊から日本海沿いに山形県酒田市まで、港町を巡る。

平成二年 一九九〇年 六十七歳
一月、妻の娘、美佐子を養女に迎える。

二月、マガジンハウスの月刊誌「鳩よ!」二月号が特集「詩人 田村隆一のすべて」を組み、八篇の詩を書き下ろす。

三月、エッセイ集『ダンディズムについての個人的意見』(リクルート出版)を刊行。

六月、弟、光治死去。同月、田村の散文詩「私の生活作法」(「L' E」一九八七年八月号)を武満徹が再構成・作曲した混声合唱、オーケストラのための「マイ・ウェイ・オブ・ライフ」がイギリス・リーズ市の音楽祭で初演される。詩の英訳は高橋康也。本人は九七年にNHKで放映された小澤征爾指揮、サイトウ・キネン・オーケストラの演奏で初めて聴く。

十一月、詩集『新世界より』（集英社）を刊行。

平成三年　一九九一年　六十八歳

一月、月刊誌「新潮45」に日誌風のエッセイ「退屈無想庵」の連載を始める。

三月、雑誌の仕事で南伊豆を旅行。

四月、ポール・エングル死去。弔電を打つ。

五月、フジテレビの番組「人間は面白い」で田村を取材した「ぼくの一日」が放映される。

六月七日、母、ぬい死去。享年九十一。

八月、スコットランドにあるグレンリベットのウイスキー工場を取材するためイギリスへ旅行。ロンドンではアガサ・クリスティゆかりのブラウンズホテル泊。その後、パリに渡ってクリスティの小説で有名な青列車に乗る。マドリッドに五泊してロンドンに戻る。

十月、八九年七月から月刊誌「マリ・クレール」に一年間連載した山本容子の銅版画と田村の詩による詩集『ぼくの航海日誌』（中央公論社）が刊行される。

平成四年　一九九二年　六十九歳

一月末、大腿部を骨折する。

九月、宮崎進との詩画集『TORSO』（求龍堂）を刊行。展覧会が銀座・和光ホールにて開かれる。

十月二十六日、北村太郎死去、享年六十九。「ユリイカ」十二月号に追悼詩「狐の詩論」を発表。

エッセイ集『20世紀詩人の日曜日』（マガジンハウス）を刊行。

十一月、詩集『ハミングバード』（青土社）を刊行。同月、千代田公会堂における「古都保存を考える講演会」の第三部座談会「古都と文化」に井上ひさし、平山郁夫とともに出演する。

十二月、三好豊一郎死去、享年七十二。弔電を打つ。

平成五年　一九九三年　七十歳

三月、東京ステーションホテルにて古稀を祝う会が催され、総勢七、八十名の編集者が集う。詩人や批評家は呼ばず、平出隆、建畠晢はそれぞれ河出書房新社、新潮社の元編集者として参加した。同月、前年に刊行された詩集『ハミングバード』により、第十一回現代詩人賞を受賞する。

六月、西脇順三郎記念講演のため、新倉俊一とともに新潟県の小千谷を訪れる。同月、「旅」の仕事で出雲へ。松江から宍道湖、出雲大社を巡り、美保関灯台も見る。同月、詩集『灰色のノート』（集英社）を刊行。エッセイ集『退屈無想庵』（新潮社）を刊行。

九月、鎌倉の佐藤病院院長、主治医の高橋猛典死去。同月、第一回萩原朔太郎賞の選考委員として選考会に出席。授賞は谷川俊太郎の『世間知ラズ』（思潮社）。翌月の三十日、前橋文学館における授賞式に出席し、翌日は榛名に遊ぶ。

十月、現代詩文庫『続・田村隆一詩集』と『続続・田村隆一詩集』（思潮社）を同時に刊行。

平成六年　一九九四年　七十一歳
一月、三田の慶應義塾大学講堂にて西脇順三郎生誕百年記念の講演（演題は「野原について」）を行う。
六月二十七日〜七月十二日、フジテレビの番組「ワーズワースの冒険」の取材で、アガサ・クリスティの旧跡をたどってイギリス南西部を旅行。九月四日の夜十時半から十一時に「ほろ酔い詩人の優雅な休日」と題して放映される。
十一月、「旅」の仕事で南紀白浜を再訪する。

平成七年　一九九五年　七十二歳
一月十七日、阪神・淡路大震災
三月二十日、地下鉄サリン事件
六月、詩集『狐の手袋』（新潮社）を刊行。
八月、新宿のバー・ナルシスの川島ふぢえが二階堂の自宅を訪ねてくる。
九月、月刊誌「東京人」（東京都文化振興会）のために「江戸一」のおかみ、中野フクと対談する。
この年、「第三回鎌倉芸術館歌曲作詞コンクール」の審査委員長を務める。

平成八年　一九九六年　七十三歳

一月、集英社の「すばる」一月号に詩「美しい断崖」を発表。

二月、肺炎を起こして佐藤病院に入院、一時、人事不省に。同月、季刊「草月」の連載詩「花の街」を『花の町』（河出書房新社）として刊行。写真は荒木経惟。

六月、エッセイ集『詩人からの伝言』（リクルート）を刊行。

七月一日、声帯ポリープ切除のため、横浜市港南台の南部病院に入院、四日後に退院する。同月十二日、血尿のため南部病院に入院するが、原因不明のまま二十三日に退院。

八月、エッセイ集『すばらしい新世界』（新潮社）を刊行。

九月、飯田橋のホテルエドモントにて萩原朔太郎賞選考委員会が開かれ、辻征夫の『俳諧辻詩集』（思潮社）を授賞作と決定。翌月、授賞式に出席するために前橋へ行き、辻と歓談する。

十二月、体調を整えるため清川病院に入院する。

平成九年　一九九七年　七十四歳

一月十七日、清川病院に再入院して検査を行い、十八日に退院する。同月から一年間、「すばる」に連作詩「1999」を連載。

三月、旅行前の体調を整えるために四日間、清川病院に入院。

四月、「旅」の仕事のため寝台特急さくらで佐世保へ。海軍関係の史跡を巡り、車で弓張岳の展望台へ。佐世保に二泊し、ハウステンボスを訪れた後、空路で帰宅する。同月、集英社の新福正武に招待され、山桜を見に武蔵五日市（現・あきるの市）の光厳寺を訪れ、青梅に一泊する。翌日、吉増剛造と合流する。

九月十五日、NHK教育テレビのETV特集「二十一世紀の日本人へ・ぼくの生活作法・詩人田村隆一」が放映される。

十月、ロートレックの画による詩画集『ロートレック　ストーリー』（講談社）を刊行。

同月末、食道癌の放射線治療のため、国立第二病院に入院する。

平成十年　一九九八年　七十五歳

一月、正月に一時、帰宅。同月、国立第二病院に再入院する。同月、前年の入院中に撮影された写真に「おじいちゃん／にも、セックスを。」というキャッチコピーを付した一月三日の新聞の全面広告が話題となる。「文學界」二月号に最後の作品となった「群衆の中の青年」を発表。同月の下旬に退院。帰途、逗子から富士を望見、これが見収めとなる。

二月、エッセイ集『ぼくの人生案内』（小学館）を刊行。同月中、清川病院に一週間ほど入院。

三月、サミュエル・グロームズと津村由美子の翻訳で英訳詩集『The Poetry of Ryuichi Tamura』（CCC Books）がアメリカで刊行される。

五月、かねてから予告していた最後の詩集『1999』（集英社）を刊行。同月、エッセイ集『女神礼讃』（廣済堂出版）を刊行。

六月中旬、清川病院に入院。下旬、再び東京の国立第二病院に転院する。

六月二十九日、堀田善衞とともに日本芸術院賞を受賞、前日、山の上ホテルに泊まり、授賞式に出席する。

八月十五日、病院で新倉俊一、飯島耕一に会う。その後、吉増剛造、河出書房新社の飯田貴司、集英社の新福正武、新潮社の石井昂、塙陽子、朝日新聞社出版局の大槻慎二、翻訳家の北澤和彦らが訪れる。

八月二十六日午後十一時二十七分、食道癌のため死去。享年七十五。亡くなる日の午後、吸い飲みで酒を一合ほど飲む。手元の便箋にジョン・ダンの「死よおごる勿れ」と記し、「次に出すぼくの詩集のタイトルだ」と悦子夫人に伝える。同日、勲四等旭日小綬章を授与される。

八月三十一日、詩人が好んで散歩した鎌倉市大町の妙本寺にて告別式が執り行われる。法名は泰樹院想風日隆居士。弔辞はサミュエル・グロームズ、大岡信、佐々木幹郎、山本夏彦、葬儀委員長は吉増剛造であった。

九月、「新潮45」十月号に田村の闘病経過を綴った夫人の手記「死よ、おごる勿れ——夫・田村隆一の絶筆」が掲載される。

十月、「現代詩手帖」十月号で増頁特集「田村隆一から田村隆一へ」が組まれる。「ユリイカ」も追悼を組む。同月、四十九日が鎌倉の海浜荘にて、新倉俊一ほか、生前親しかった編集者が集って営まれる。

十一月、「すばる」十一月号にて堀田善衞とともに追悼特集が組まれる。

十二月、朝日新聞社の「一冊の本」に九六年四月号から九七年十二月号まで連載されていた詩による最後の詩集『帰ってきた旅人』（朝日新聞社）が刊行される。

平成十一年　一九九九年

二月、青木健編集『田村隆一エッセンス』（河出書房新社）が刊行される。

八月、一周忌が鎌倉の華正楼で行われる。

平成十二年　二〇〇〇年

三月十八日、誕生日に遺骨を鎌倉の妙本寺に納める。

八月、現代詩読本『田村隆一』『田村隆一全詩集』（いずれも思潮社）が刊行される。

平成十三年　二〇〇一年

八月四日〜十月二十一日、前橋文学館にて特別企画展「田村隆一：My way of life」が開催される。

平成十七年　二〇〇五年

一月、『自伝からはじまる70章』（思潮社、詩の森文庫）が刊行される。

平成二十年　二〇〇八年
四月二十六日〜七月六日、鎌倉文学館にて企画展「田村隆一　詩人の航海日誌」が開催される。
平成二十一年　二〇〇九年
六月、『詩人からの伝言』（ＭＦ文庫）が刊行される。
平成二十二年　二〇一〇年
十月、『田村隆一全集』全六巻（河出書房新社）の刊行が開始され、翌年三月に完結する。

［付記］本年譜の作成にあたっては、青木健氏が作成した年譜（『現代の詩人3　田村隆一』中央公論社所収）、建畠晢氏が作成した年譜（『腐敗性物質』講談社文芸文庫所収）及び田野倉康一氏が作成した年譜（『田村隆一全詩集』思潮社所収）、鎌倉文学館企画展「田村隆一　詩人の航海日誌」図録などを参照させていただきました。また、田村悦子氏から多くのご教示をいただきました。

（小林俊道・作成）

本書は、一九九六年六月にメディアファクトリーから『詩人からの伝言』として
刊行されたものに、田村隆一の詩を加え、再構成しました。

新版 思考の整理学　外山滋比古

「東大・京大で1番読まれた本」で知られる〈知のバイブル〉の増補改訂版。２００９年の東京大学での講義を新収録し読みやすい活字になりました。

質問力　齋藤孝

コミュニケーション上達の秘訣は質問力にあり！　これさえ磨けば、初対面の人からも深い話が引き出せる。話題の本の、待望の文庫化。（斎藤兆史）

整体入門　野口晴哉

日本の東洋医学を代表する著者による初心者向け野口整体のポイント。体の偏りを正す基本の「活元運動」から目的別の運動まで。（伊藤桂一）

命売ります　三島由紀夫

自殺に失敗し、「命売ります。お好きな目的にお使い下さい」という突飛な広告を出した男のもとに、現われたのは？（種村季弘）

こちらあみ子　今村夏子

あみ子の純粋な行動が周囲の人々を否応なく変えていく。第26回太宰治賞、第24回三島由紀夫賞受賞作。書き下ろし「チズさん」収録。（町田康／穂村弘）

ベルリンは晴れているか　深緑野分

終戦直後のベルリンで恩人の不審死を知ったアウグステは彼の甥に訃報を届けに陽気な泥棒と旅立つ。歴史ミステリの傑作が遂に文庫化！（酒寄進一）

向田邦子ベスト・エッセイ　向田邦子　向田和子編

いまも人々に読み継がれている向田邦子。その随筆の中から、家族、食、生き物、こだわりの品、旅、仕事、私……、といったテーマで選ぶ。（角田光代）

倚りかからず　茨木のり子

もはや／いかなる権威にも倚りかかりたくはない……話題の単行本に3篇の詩を加え、高瀬省三氏の絵を添えて贈る決定版詩集。（山根基世）

るきさん　高野文子

のんびりしていてマイペース、だけどどっかヘンテコな、るきさんの日常生活って？　独特な色使いが光るオールカラー。ポケットに一冊どうぞ。

劇画 ヒットラー　水木しげる

ドイツ民衆を熱狂させた独裁者アドルフ・ヒットラーとはどんな人間だったのか。ヒットラー誕生からその死まで、骨太な筆致で描く伝記漫画。

ねにもつタイプ　岸本佐知子
何となく気になることにこだわる、ねにもつ。思索、奇想、妄想はばたく脳内ワールドをリズミカルな名短文でつづる。第23回講談社エッセイ賞受賞。

TOKYO STYLE　都築響一
小さい部屋が、わが宇宙。ごちゃごちゃと、しかし快適に暮らす、僕らの本当のトウキョウ・スタイルはこんなものだ！　話題の写真集文庫化！

自分の仕事をつくる　西村佳哲
仕事をすることは会社に勤めること、ではない。仕事を「自分の仕事」にできた人たちに学ぶ、働き方のデザインの仕方とは。（稲本喜則）

世界がわかる宗教社会学入門　橋爪大三郎
宗教なんてうさんくさい!?　でも宗教は文化や価値観の骨格であり、それゆえ紛争のタネにもなる。世界宗教のエッセンスがわかる充実の入門書。

ハーメルンの笛吹き男　阿部謹也
「笛吹き男」伝説の裏に隠された謎はなにか？　十三世紀ヨーロッパの小さな村で起きた事件を手がかりに中世における「差別」を解明。（石牟礼道子）

増補　日本語が亡びるとき　水村美苗
明治以来豊かな近代文学を生み出してきた日本語が、いま、大きな岐路に立っている。我々にとって言語とは何なのか。第8回小林秀雄賞受賞作に大幅増補。

子は親を救うために「心の病」になる　高橋和巳
子は親が好きだからこそ「心の病」になり、親を救おうとしている。精神科医である著者が説く、親子という「生きづらさ」の原点とその解決法。

クマにあったらどうするか　姉崎等　片山龍峯
「クマは師匠」と語り遺した狩人が、アイヌ民族の知恵と自身の経験から導き出した超実践クマ対処法。クマと人間の共存する形が見えてくる。（遠藤ケイ）

脳はなぜ「心」を作ったのか　前野隆司
「意識」とは何か。どこまでが「私」なのか。死んだら「心」はどうなるのか。――「意識」と「心」の謎に挑んだ話題の本の文庫化。（夢枕獏）

しかもフタが無い　ヨシタケシンスケ
「絵本の種」となるアイデアスケッチがそのまま本に。くすっと笑えて、なぜかほっとするイラスト集です。ヨシタケさんの「頭の中」に読者をご招待！

品切れの際はご容赦ください

茨木のり子集　言の葉（全3冊）　茨木のり子
しなやかに凜と生きた詩人の歩みの跡を、詩とエッセイで編んだ自選作品集。単行本未収録の作品なども収め、魅力の全貌をコンパクトに纏める。

一本の茎の上に　茨木のり子
「人間の顔は一本の茎の上に咲き出た一瞬の花である」表題作をはじめ、敬愛する山之口貘等について綴った香気漂うエッセイ集。（金裕鴻）

詩ってなんだろう　谷川俊太郎
谷川さんはどう考えているのだろう。その道筋にそって詩を集め、選び、配列し、詩とは何かを考えるおおもとを示しました。（華恵）

山頭火句集　種田山頭火　村上護編　小崎侃・画
自選句集「草木塔」を中心に、その境涯を象徴する随筆も精選収録し、〝行乞流転〟の俳人の全容を伝える一巻選集！（村上護）

尾崎放哉全句集　村上護編
「咳をしても一人」などの感銘深い句で名高い自由律の俳人・放哉。放浪の旅の果て、小豆島で破滅型の人生を終えるまでの全句業。（村上護）

放哉と山頭火　渡辺利夫
エリートの道を転げ落ち、引きずる死の影を詩いあげる放哉。各地を歩いて生きて在ることの孤独と寂寥を詩う山頭火。アジア研究の碩学による省察の旅。

笑う子規　正岡子規＋天野祐吉＋南伸坊
「弘法は何と書きしぞ筆始」「猫老て鼠もとらず置火燵」。天野さんのユニークなコメント、南さんの豪快な絵を添えて贈る愉快な子規句集。（関川夏央）

絶滅寸前季語辞典　夏井いつき
「従兄煮」「蚊帳」「夜這星」「竈猫」……季節感が失われ、風習が廃れて消えていく季語たちに、新しい命を吹き込む読み物辞典。（茨木和生）

絶滅危急季語辞典　夏井いつき
「ぎぎ・ぐぐ」「われから」「子持花椰菜」「大根祝う」……消えゆく季語に新たな命を吹き込む読み物辞典。超絶季語続出の第二弾。（古谷徹）

詩歌の待ち伏せ　北村薫
〝本の達人〟による折々に出会った詩歌との出会いが生んだ名エッセイ。これまでに刊行されていた3冊を合本した〈決定版〉。（佐藤夕子）

すべてきみに宛てた手紙　長田弘

この世界を生きる唯一の「きみ」へ——人生のためのヒントが見つかる、39通のあたたかなメッセージ。傑作エッセイが待望の文庫化！（谷川俊太郎）

言葉なんかおぼえるんじゃなかった　田村隆一・語り　長薗安浩・文

戦後詩を切り拓き、常に詩の最前線で活躍し続けた伝説の詩人・田村隆一が若者に向けて送る珠玉のメッセージ。代表的な詩25篇も収録。（穂村弘）

夜露死苦現代詩　都築響一

寝たきり老人の独語、死刑囚の俳句、エロサイトのコピー……誰も文学と思わないのに、一番僕たちをドキドキさせる言葉をめぐる旅。増補版。

えーえんとくちから　笹井宏之

風のように光のようにやさしく強く二十六年の生涯を駆け抜けた夭折の歌人・笹井宏之。そのベスト歌集が没後10年を機に待望の文庫化！（穂村弘）

先端で、さすわ さされるわ そらええわ　川上未映子

すべてはここから始まった——。デビュー作にして圧倒的文圧を誇る表題作を含む珠玉の七編。第14回中原中也賞を受賞した第一詩集がついに文庫化！

水瓶　川上未映子

鎖骨の窪みの水瓶を捨てにいく少女を描いた長編詩「水瓶」を始め、より豊潤に尖鋭に広がる詩的宇宙。第43回高見順賞に輝く第二詩集、ついに文庫化！

春原さんのリコーダー　東直子

シンプルな言葉ながら一筋縄ではいかない独特な世界観の東直子デビュー歌集。刊行時の栞文や、花山周子による評論、川上弘美との対談も収録。

青卵　東直子

現代歌人の新しい潮流となった東直子の第二歌集。花山周子の評論、穂村弘との特別対談により独自の感覚に充ちた作品の謎に迫る。

回転ドアは、順番に　穂村弘　東直子

ある春の日に出会い、そして別れるまで。気鋭の歌人ふたりが、見つめ合い呼吸をはかりつつ投げ合う、スリリングな恋愛問答歌。（金原瑞人）

適切な世界の適切ならざる私　文月悠光

中原中也賞、丸山豊記念現代詩賞を最年少の18歳で受賞し、21世紀の現代詩をリードする文月悠光の記念碑的第一詩集が待望の文庫化！（町屋良平）

品切れの際はご容赦ください

本屋、はじめました 増補版　辻山良雄

リブロ池袋本店のマネージャーだった著者が、自分の書店を開業するまでの全て。その後のことを文庫化にあたり書き下ろした。（若松英輔）

ガケ書房の頃 完全版　山下賢二

京都の個性派書店青春記。２００４年の開店前からその後の展開まで。資金繰り、セレクトへの疑念など本音で綴る。帯文＝武田砂鉄（島田潤一郎）

わたしの小さな古本屋　田中美穂

会社を辞めた日、古本屋になることを決めた。倉敷の空気、古書がつなぐ人の縁、店の生きものたち……。女性店主が綴る蟲文庫の日々。（早川義夫）

ぼくは本屋のおやじさん　早川義夫

22年間の書店としての苦労と、お客さんとの交流。どこにもありそうで、ない書店。30年来のロングセラー！（大槻ケンヂ）

女子の古本屋　岡崎武志

女性店主の個性的な古書店が増えています。カフェを併設したり雑貨も置くなど、独自の品揃えで注目の各店を紹介。追加取材して文庫化。（近代ナリコ）

野呂邦暢 古本屋写真集　野呂邦暢　岡崎武志／古本屋ツアー・イン・ジャパン編

野呂邦暢が密かに撮りためた古本屋写真が存在する。２０１５年に書籍化された際、話題をさらった写真集が増補、再編集の上、奇跡の文庫化。

ボン書店の幻　内堀弘

１９３０年代、一人で活字を組み印刷し好きな本を刊行していた出版社があった。刊行人鳥羽茂と書物の舞台裏の物語を探る。（長谷川郁夫）

「本をつくる」という仕事　稲泉連

ミスをなくすための校閲。本の声である書体の制作。もちろん紙も必要だ。本を支えるプロに仕事の話を聞きにいく情熱のノンフィクション。（武田砂鉄）

あしたから出版社　島田潤一郎

青春の悩める日々、創業への道のり、編集・装丁・営業の裏話、忘れがたい人たち……「ひとり出版社」を営む著者による心打つエッセイ。（頭木弘樹）

ビブリオ漫画文庫　山田英生編

古書店、図書館など、本をテーマにした傑作漫画集。主な収録作家――水木しげる、永島慎二、松本零士、つげ義春、楳図かずお、諸星大二郎ら18人。

ぼくは散歩と雑学がすき 植草甚一

1970年、遠かったアメリカ。その風俗、映画、本、音楽から政治までをフレッシュな感性と膨大な知識、貪欲な好奇心で描き出す代表エッセイ集。

せどり男爵数奇譚 梶山季之

せどり=掘り出し物の古書を安く買って高く転売することを業とすること。古書の世界に魅入られた人々を描く傑作ミステリー。（永江朗）

20ヵ国語ペラペラ 種田輝豊

30歳で「20ヵ国語」をマスターした著者が外国語の習得ノウハウを惜しみなく開陳した語学の名著であり、心を動かす青春記。（黒田龍之助）

ポケットに外国語を 黒田龍之助

言葉への異常な愛情で、外国語本来の面白さを伝えるエッセイ集。ついでに外国語学習が、もっと楽しくなるヒントもつまっている。（堀江敏幸）

英単語記憶術 岩田一男

単語を構成する語源を捉えることで、語の成り立ちを理解することを説き、丸暗記では得られない体系的な英単語習得を提案する50年前の名著復刊。

増補版 誤植読本 高橋輝次編著

本と誤植は切っても切れない⁉ 恥ずかしい打ち明け話や、校正をめぐるあれこれなど、作家たちが本音を語り出す。作品42篇収録。（堀江敏幸）

文章読本さん江 斎藤美奈子

「文章読本」の歴史は長い。百年にわたり文豪から一介のライターまでが書き綴った、この「文章読本」とは何ものか。第1回小林秀雄賞受賞の傑作評論。

読書からはじまる 長田弘

自分のために、次世代のために——。「本を読む」意味をいまだからこそ考えたい。人間の世界への愛に溢れた珠玉の読書エッセイ！（池澤春菜）

本は読めないものだから心配するな 管啓次郎

この世界に存在する膨大な本をめぐる読書論であり、ブックガイドであり、世界を知るための案内書。読めば、心の天気が変わる。（柴崎友香）

新版「読み」の整理学 外山滋比古

読み方には2種類ある。既知を読むアルファ読みと未知を読むベータ読み。『思考の整理学』の著者が現代人のための「読み」方の極意を伝授する。

マンスフィールド・パーク
ジェイン・オースティン 中野康司訳
伯母にいじめられながら育った内気なファニーはいつしかいとこのエドマンドに恋心を抱くが——。恋愛小説の達人オースティンの円熟期の作品。

ボードレール全詩集Ⅰ
シャルル・ボードレール 阿部良雄訳
詩人として、批評家として、思想家として、近年重要度を増しているボードレールのテクストを世界的な学者の個人訳で集成する初の文庫版全詩集。

文読む月日（上・中・下）
トルストイ 北御門二郎訳
一日一章、一年三六六章。古今東西の聖賢の名言・箴言を日々の心の糧となるよう、晩年のトルストイが心血を注いで集めた一大アンソロジー。

暗黒事件
バルザック 柏木隆雄訳
フランス帝政下、貴族の名家を襲う陰謀の闇——凛然と挑む美姫を軸に、獅子奮迅する従僕、冷酷無残の密偵、皇帝ナポレオンも絡む歴史小説の白眉。

ダブリンの人びと
ジェイムズ・ジョイス 米本義孝訳
20世紀初頭、ダブリンに住む市民の平凡な日常をリアリズムに徹した手法で描いた短篇小説集。リズミカルで斬新な新訳。各章の関連地図と詳しい解説付。

眺めのいい部屋
E・M・フォースター 西崎憲／中島朋子訳
フィレンツェを訪れたイギリスの令嬢ルーシーは、純粋な青年ジョージに心惹かれる。恋に悩み成長する若い女性の姿と真実の愛を描く名作ロマンス。

キャッツ
T・S・エリオット 池田雅之訳
劇団四季の超ロングラン・ミュージカルの原作新訳版。あまのじゃく猫におちゃめ猫、猫の犯罪王に鉄道猫。15の物語とカラーさしえ14枚入り。

ランボー全詩集
アルチュール・ランボー 宇佐美斉訳
束の間の生涯を閃光のようにかけぬけた天才詩人ランボー——稀有な精神が紡いだ清冽なテクストを、世界的ランボー学者の美しい新訳でおくる。

怪奇小説日和
西崎憲 編訳
怪奇小説の神髄は短篇にある。ジェイコブズ「失われた船」、エイクマン「列車」など古典的怪談から異色短篇まで18篇を収めたアンソロジー。

世界幻想文学大全
幻想小説神髄
東雅夫 編
ノヴァーリス、リラダン、マッケン、ボルヘス……時代を超えたベスト・オブ・ベスト。松村みね子、堀口大學、窪田般彌等の名訳も読みどころ。

ちくま文庫

言葉《ことば》なんかおぼえるんじゃなかった
——詩人《しじん》からの伝言《でんごん》

二〇一四年十一月十日　第一刷発行
二〇二四年十月二五日　第三刷発行

著者　語り　田村隆一（たむら・りゅういち）
　　　文　長薗安浩（ながぞの・やすひろ）

発行者　増田健史
発行所　株式会社　筑摩書房
東京都台東区蔵前二―五―三　〒一一一―八七五五
電話番号　〇三―五六八七―二六〇一（代表）
装幀者　安野光雅
印刷所　星野精版印刷株式会社
製本所　株式会社積信堂

ISBN978-4-480-43221-6 C0195